땜장이 의사의
국경 없는 도전

땜장이 의사의 국경 없는 도전

소록도에서 팔레스타인까지

초판 1쇄 발행 ㅣ 2019년 7월 16일
초판 5쇄 발행 ㅣ 2023년 6월 30일

지은이 김용민
책임편집 박혜련
북디자인 말리북
제작 공간

펴낸이 박혜련
펴낸곳 도서출판 오르골
등록 2016년 5월 4일(제2016-000131호)
주소 서울시 마포구 월드컵북로54길 17, 711호
팩스 070-4129-1322
이메일 orgelbooks@naver.com
블로그 blog.naver.com/orgelbooks

ISBN 979-11-959372-6-4 03810

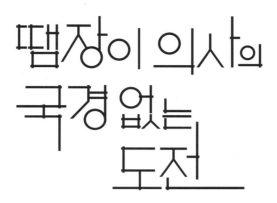

땜장이 의사의 국경 없는 도전

소록도에서 팔레스타인까지

김용민 지음

오르골

머리말

1959년 기해(己亥)에서 2019년 기해로. 60갑자가 한 바퀴 돌았다. 그동안 강산은 여섯 번이나 바뀌었다. 인생을 기차 여행에 비유한다면, 아버지를 비롯하여 어린 시절부터 같은 기차를 타고 여행하던 많은 분들이 먼저 내렸다. 나의 기차는 어디까지, 누구와 함께 달려갈 것인가?

문득 디즈니 애니메이션 〈라이온 킹〉에 나온 '서클 오브 라이프(Circle of Life, 생명의 순환)'라는 말이 떠오른다. 환갑(還甲). 새로운 삶의 시작점에 다시 서서 지나간 날들, 앞으로 올 날들을 생각해 본다.

남녀 간 사랑의 생물학적 표현인 수정부터 시작하여 약 3킬로그램의 연약한, 그러나 모든 것을 갖춘 생명체가 되어 세상에 나오기까지, 모태 안에서의 성장 과정은 크게 3단계로 나뉜다. 이때 각 단계를 의학 용어로는 트라이메스터(trimester)라고 부른다. 이렇듯 출생 후 과정도 3단계로 나눠볼 수 있다.

1단계(출생부터 약 30세까지)는 부모와 선생, 선배 등 주위 사람들에게 의존하면서 배우고 성장, 성체로 살아남는 시기이다. 아울러 직장과 배우자 등 다음 단계를 위한 준비도 해야 한다.

2단계(결혼 후 약 60세까지)는 양육과 교육 의무 기간으로, 부모로서 자신에게 맡겨진 자식을 키워내야 한다. 사회적 · 직업적인 면으로도 성숙하여 선생 또는 선배로서 제자와 후배에게, 자신이 맡고 있던 자리를 넘겨주고 떠날 준비를 마쳐야 한다.

3단계는 기본적으로 책임과 의무가 따르는 1, 2단계에 비해 비교적 자유롭다. 매여 있던 삶에서 벗어나, 그간 하고 싶었지만 미뤄놓았던 일을 이루거나, 남은 시간 동안 실컷 즐기며 쉴 수도 있다. 나는 이 마지막 단계를 자신의 생의 의미, 즉 '하늘이 왜 나를 세상에 냈는지'에 대한 답을 찾아가는 기간이라고 생각한다.

1단계에서 신체 성장이 완료되었다고 해서 성장이 멈추는 것은 아니다. 인간은 평생 동안 끊임없이 배우고 성장해 나가기 때문이다. 자식을 결혼시킨 어머니, 손주를 얻은 할아버지 등을 보면 계속 새로운 것을 경험하며 성장 중임을 알 수 있다. 인간 성장의 마지막 관문은 죽음이다.

나는 이제 막 인생의 3단계를 시작했다. 그간 어깨에 짊어지고 있던 책임으로부터 자유로워졌으나 이 자유가 의미 있게 쓰이기를 바란다. 책을 펴내는 것도 그러한 노력 가운데 하나이다.

이 책은 내가 의과대학에서 〈소록도에서 아이티까지〉라는 제목으로 학생들에게 강의했던 내용에서 출발했다. 나의 의예과 시절뿐 아니라 그 이전의 이야기도 들어 있다. 그러나 대부분은 의대 졸업 후 의사로서 지내온 시간들에 대한 이야기이다. 이 안에는 삶의 갈림길에서 중요한 결정을 내릴 때마다 작용한 세 가지 주제가 들어 있다. 그것은 천명, 땜장이, 어드벤처링으로 요약된다.

삶의 3단계 성장 과정과 연결하여 장을 나누었고, 2단계와 3단계 사이에 준비기를 추가했다. 1장에는 현재의 나를 있게 한 개인의 역사, 2장에는 의사이자 한 남자로 후배를 양성하고 자녀를 양육하는 과정, 3장에는 진정한 봉사의 의미, 4장에는 내 생의 의미를 찾아가는 내용을 담았다.

의사로서 35년을 살아온 삶의 정리이다 보니 아무래도 예비 의사나 젊은 의사들이 많이 읽으면 좋겠다는 바람이다. 하지만 전하고 싶은 메시지는 의사뿐 아니라 이 세상에 태어나서 1, 2단계를 마치고 새로운 출발점에 서 있는, 그러나 언젠가 떠나야 할 모든 이들에게 해당된다.

이제 며칠 후면 또다시 가자 지구로 떠난다. 국경없는의사회(MSF) 활동으로는 세 번째, 같은 지역으로의 두 번째 파견이지만 여전히 긴장되고 설렌다. 바라건대 내가 부디 누군가에게 작은 도움이나마 될 수 있기를, 아울러 부족한 나의 책이 누군가에게 작은 의미나마 줄 수 있기를 바란다.

내가 '새로운 인생'에 도전할 수 있도록 큰 인내 속에 모든 것을 받아들여 준 존경하는 아내와 착한 1남 3녀에게, 그리고 무사 귀환과 반가운 재회를 기다려줄 내 인생 기차의 모든 동승자들께 사랑과 감사를 전하며….

2019년 봄
김용민

추천의 말

김인권

(여수애양병원 명예원장)

사람은 누구나 각자 고유한 유전인자를 타고난다. 그렇기에 '나'는 남과 다른 독특함이 있고, 그 다른 점으로 인하여 남과 구별이 되며, 그 구별이 자아의 성취 기준이 된다. 사람은 생존 자체가 고귀하고 그 존재에는 남이 가질 수 없는 유일한 의미가 있다. 그런 의미에서 김용민 선생은 보통 의사들이 가는 길을 가지 않는, 독특한 유전인자를 가진 의사가 아닌가 한다.

항상 젊고 활동적이며 젊은이들과 만나는 것을 즐거워하는 김용민 선생이 벌써 환갑을 맞이하여 그간 걸어온 길을 책으로 낸다고 하니 놀랍고 존경스럽다. 흔히 활동적인 사람은 그 활동의 성과를 글로 남기기 어렵고, 글을 주로 쓰는 사람은 자신이 쓴 글에 비하여 실질적인 활동이 적다고 한다. 그러나 김용민 선생은 활동적이면서도 정적인 면을 아울러 가지고 있어서 자신의 활동적인 면을 글로 남길 수 있었다.

김용민 선생은 신앙이 바탕이 된 의료인으로서, 항상 필요로 하는 곳에 도움이 되어야 한다는 소명 의식으로 살아왔다. 소록도에서부터 점점 발전하여 아이티를 거쳐 국립대학의 안정적인 교수직도 사임하고 국경없는의사회의 일원으로 활동 영역을 넓혀가는 모습이 '살아 있는 참 의료인'을 보는 것 같다.

항상 젊다고 알고 있던 김용민 선생이 이 책에서 "의사가 환자에게 해주는 가장 좋은 치료는 안심시키는 것이다. 수술이 잘되어 좋은 결과를 얻은 환자를 보아도 기쁘지만 '수술을 안 해도 괜찮다'는 확신의 말로 인해 안도하고 기뻐하는 환자를 볼 때 의사로서 큰 보람을 느낀다"라고 술회한 것을 보니 더 이상 젊지만은 않은, 많은 생각을 하며 진료와 수술을 하는 경지에 오른 의료인이 아닌가 한다.

아직 더 많은 일을 하여야 하며, 더 나아가서 그의 소명 의식이 자신과, 또 그를 주시하고 있는 많은 의료인들을 만족시킬 만하게 더 발전하는 모습을 기대한다.

차례

2장

교수가 된 땜장이 의사

3장

누군가에게 도움이 될 수 있다면

4장

국경 없는 도전

일러두기

* 맞춤법과 외래어 표기는 현행 '한글 맞춤법 규정'과 《표준국어대사전》(국립
  국어연구원)을 따랐다. 단 글의 흐름상 필요한 경우, 관용적 표기나 일부 구
  어체는 그대로 살렸다.
* 책·정기 간행물은 《 》로, 강의·노래·영화 제목 등은 〈 〉로 표기했다.
* 의학 용어는 이해를 돕고자 영어를 병기했다.
* 본문에 실린 사진들은 저자가 직접 찍거나 소장하고 있는 것들이다.

저를 보내주셔서 감사합니다

2018년 10월 12일.

비행기 창밖으로 낯선 풍경이 내려다보인다. 화성 표면이 저럴까 싶게 황량하고 기묘한 아라비아반도를 지나자 갑자기 파란 바다가 눈에 들어온다. 이제 홍해만 지나면 생전 처음으로 아프리카 대륙을 만날 것이다. 가족들과 오랜 기간 떨어져 생판 모르는 곳에서, 본 적 없는 사람들과 함께 살아가야 한다. 낯선 삶의 시작이다.

불쑥 오래전 기억이 떠오른다. 공중보건의가 되어 전남으로 떠나가던 기차에서의 모습. 언젠가 자전적 소설을 쓴다면 이렇게 묘사하고 싶었다.

"야간 남행열차의 차창 밖으로 봄비치고는 굵은 빗방울이 또 르륵 흘러내리고 있다. 나는 어디로 가는 걸까? 가족을, 부모님 을 떠나 어떤 세상에 던져지는 걸까? 3년! 상상조차 할 수 없이 긴 세월 뒤에 어떤 존재로 살아가고 있을까?"

35년이 흐른 지금, 또 한 번 집을 떠나 미지의 세계로 가고 있다. 일행도 없이 혼자 떠나는 외로운 길. 그때와 다른 점은 예정 기간이 3년 대신 3개월이고, 지정 좌석조차 없던 통일호 야간 남행열차가 아니라 에미레이트 항공의 신형 보잉 항공기 45A 좌석이라는 것. 그때는 병역 의무를 위해 내 뜻과 상관없이 보 내졌다면, 이번에는 스스로 선택한 아프리카 모험이자 도전이 다. 국경없는의사회 소속으로 두 번째, 조기 퇴직 후 처음으로 구호 활동을 위해 에티오피아 감벨라로 향하고 있다.

소말리아의 황량한 산악 지형을 지나자 드디어 녹색 대지와 인간의 생활공간이 보인다. 에티오피아에 들어선 것이다. 항공 기가 하강을 시작하자 이국의 풍경들이 더욱 가까워진다. 마치 나의 현실 속으로 들어오겠다는 듯이.

조용히 눈을 감고 기도한다.

'이곳에 저를 보내주셔서 감사합니다. 앞으로의 기간 동안, 당신의 뜻에 충실한 것들로 채워지도록 허락하소서.'

2018년 12월 4일.

마침내 아이가 울음을 그쳤다. 전신마취가 끝난 것이다. 아이의 팔에는 여전히 액체가 번쩍인다. 고름! 엑스레이의 화질이 나빠서 확실치는 않으나, 만성화된 골수염의 징조인 골구(involucrum)도 있는 것 같다. 흐릿한 화질에도 불구하고, 아이의 어깨뼈 성장판 주변에 골수염이 있음은 분명했다.

3주가 넘도록 방치하다니. 어쩌면 그보다 훨씬 더 오래되었는지도 모른다. 이곳 주민들에게는 숫자 개념이 불분명하다. 나이가 얼토당토않게 다른 경우도 있었고, 입원한 지 1주일도 넘은 환자에게 "증상이 언제 시작되었느냐"라고 물었는데 "3일 전"이라고 답하기 일쑤였다. 석고를 풀 것인지 결정하기 위해 "언제 다쳤느냐"라고 물으면 그냥 "토요일"이라고 하는 경우도 많았다.

이 병원은 기본적인 수술 도구조차 갖추지 못했으나 감벨라 주의 유일한 종합병원이고, 환자들에게는 이 병원까지 오는 일도 결코 쉽지 않다. 외고정장치를 단 12세 여아는 퇴원 결정이 났음에도 5일 정도 더 머물렀다. 집(사실은 남수단 난민촌)에 갈 교통편이 마련되지 못했기 때문이다. 처음 다쳐서 병원에 올 때도 사정은 비슷했으리라. 어쩌면 내가 한국의 집을 떠나 이 병원에 도착하느라 소요한 시간보다 이들이 집에서 병원까지 오는 데 쓴 시간과 노고가 더 클지도 모른다.

그러니 어깨에 골수염이 생긴 아이의 경우에도, 적정 치료 시기보다 늦게 데려온 것에 대해 부모든 누구든 탓할 수는 없다. 하지만 아이의 장래는 불투명하다. 아니 큰 위협을 받고 있다는 말이 맞을 것이다.

아이의 어깨를 절개했다. 고름이 마구 쏟아져나온다. 고름길이 나 있어서 크게 수고하지 않고도 어깨 관절에 곧바로 도달했다. 그런데… 아, 너무 늦었다. 성장판 윗부분, 견갑골과 어깨 관절을 형성해야 할 상완골두 전체가 사라지고 없었다. 그 공간을 채우고 있는 것은 고름, 또 고름. 열심히 씻어낸 뒤 배농 심지(drain)를 꽂아두고 수술을 마쳤다.

2018년 12월 8일.

회진 시간, 나흘 전 수술받은 아이가 해맑은 얼굴로 손을 움직이며 놀고 있었다. 수술 전에는 손이고 어깨고 건드리기만 해도 자지러지게 울어댔는데…. 고름이 멎었으니 더 이상 필요 없는 배농 심지를 제거해 주었다. 수일 내로 주사 대신 경구 항생제로 바꾸고 퇴원할 수 있다고 말하자, 아이의 부모는 물론 현지 의사와 간호사 모두 놀라고 안도하는 표정이었다. 어깨 관절을 열어서 골수염을 치료하는 것을 본 적이 없기 때문이다. 이렇게 금방 좋아져서 퇴원하는 경우는 처음이라고들 했다.

성장판 윗부분이 녹아버렸으니 아이의 먼 미래에는 어떤 상태가 될지 모르나(우리나라에서는 이렇게까지 늦어진 케이스를 볼 수 없음), 끝없이 흘러내리던 고름과 고통의 원인인 골수염은 일단 말끔히 치료되었다. 전문의에게 제대로 된 치료를 받아본 적 없는 에티오피아 오지 사람들에게 어느 날 갑자기 나타난 동양인 의사가 도움이 된 순간이다.

나 자신에게는 "의사가 필요한데 아무도 가려 하지 않는 곳에 가서 도움을 주고 싶다"라는 오랜 소망이 이루어진 순간이기도 하다. 어쩌면 나를 세상에 내고 농사지은 하느님이 마침내 소출을 거두기 시작하셨는지도 모른다.

1장

어드벤처에 원더링을 더하면

인생은 술 한잔
사주지 않았다

〈인생은 나에게 술 한잔 사주지 않았다〉라는 노래가 있다. 이 시를 쓴 정호승 시인이 태어난 1950년부터, 곡을 붙여 부른 안치환이 태어난 1965년까지 출생한 세대라면 공감하는 내용일 것이다. 우리는 6·25전쟁의 포화로 뒤덮였던 민둥산, 굶주린 골목으로 가득한 이 땅에서 소위 '베이비부머'로 태어났다. 아이에서 성인으로 성장해 나가는 데에 필요한 소프트웨어 및 하드웨어가 마련되어 있지 않은 세상에 던져진 것이다. 우리의 유일한 선택은 '생존'이었다.

휴전하고 채 6년이 지나지 않은 시점, 나는 결코 넉넉지 않은 집안의 7남매 중 막내로 태어났다. 그해에 아버지가 36세, 어머니가 32세였으니 동생이 더 있을 법도 했건만. 몇 년 전, 말년의 아버지가 이런저런 말씀 끝에 "일곱째까지 낳고는 끝냈다"라고 하셨다. 나는 가까스로 세상에 나오는 막차를 올라탔던 것이다.

이후로도 여러 관문, 특히 경쟁이 치열한 주요 관문을 통과할 때마다 '막차 올라타기 인생'이 이어진다. 요즘도 막 출발하려는 기차 혹은 지하철에 뛰어오르고 나서는 엄청 행복해한다.

1960년대 중반, 강원도 원주 김생수 씨 댁 막내는 두세 살 위 동네 아이들과 어울려 다녔다. 개울가와 철길을 누비며 그들이 하는 대로 따라 했다. 그러나 움푹 파인 중앙선 철로 침목 사이에 웅크리고 있다가 기차가 지나간 뒤 일어나는 위험한 놀이는 따라 하지 않았다. 원주 봉천철교 아래에서 잠자리를 잡아 날로 먹기는 했지만. 어쨌든 매우 '자연친화적인'(이라 쓰고 '동물적인'이라고 읽는다) 삶이었다. 그 결과 오래도록 몸 안에 기생충을 데리고 살았다. 대여섯 살 때는 회충약이 불량이었는지 몰라도 약을 먹은 다음날, 살아 있는 회충이 입으로 기어나온 적도 있었다.

요즘에는 흔히들 부모의 경제력을 수저의 재질에 빗대어 말하곤 한다. 그렇다면 나는 무슨 수저일까. 금수저나 은수저는 확실히 아니었고, 강원도 나무수저쯤 되려나.

그렇지만 우리 집안은 가톨릭 신앙을 바탕으로 문학과 음악에 대한 관심이 충만하여 지적·영적 배경에서는 어느 집에도 뒤지지 않았다. 이러한 소양 덕분에 나는 미지의 세계를 추구하는 자유로운 영혼으로 커나갔다. 물질이나 권력 면에서 많은 것을 가진 집에서 태어났다면 운신의 폭이 훨씬 좁았으리라.

원주에서 초등학교에 입학하고 불과 반년 뒤, 나는 경기도 양평으로 전학했다. 부모님의 일 때문이었지만 내 입장에서는 느닷없이 낯선 세계로 던져진 것이다. 그런데 양평초등학교로 전학 가자마자 한 반의 3분의 1쯤 되는 아이들이 어디론가 떠나고 며칠 뒤 그만큼의 아이들이 전학을 왔다. 그 아이들은 충청도 사투리를 썼다. 나중에 군대 가서 그 이유를 알게 되었는데, 서부전선 장교의 월북 사건으로 사단 이동이 있었다고 한다. 그 아이들도 나처럼 이유도 모른 채 낯선 환경에 던져진 셈이다.

양평에서 자연을 가까이하며 보낸 초등학교 시절은 더 없이 귀한 시간이었다. 처음 몇 년 동안은 집에 전기도 들어오지 않아서 양초, 석유등, 카바이드로 이어지는 시골집 조명의 변천사를 몸소 체험해야 했다.

밤이면 까만 하늘 전체를 무수한 별들이 가득 채웠다. 나는 그 한가운데에 흐르는 은하수를 보며 이름 있는 별을 찾곤 했다. 한편 아득한 북쪽 하늘 끝자락에는 밝은 빛이 감돌았다. 서울이라는 대도시가 뿜어내는 빛이었다.

놀잇거리가 없는 시골에서 1등 취미는 당연히 독서였고, 가장 가까운 친구도 책이었다. 똑똑하고 예쁘기까지 한 여자 부반장 집에는 '소년소녀 문학전집' 혹은 '위인전' 등 어린이 도서 전집이 있었다. 한 권 빌려와 다 읽고 난 뒤 반납하면서 또 다른 책을 받아오곤 했다.

그런가 하면 월간 소년 잡지(《새소년》 또는 《소년중앙》)를 받아 쥔 첫날은 가슴 설레며 연재만화부터 찾지만 결국 며칠 내로 모든 내용을 샅샅이 읽었다. 소년 잡지 퀴즈를 맞혀서 상으로 받은 천문학 책을 읽으며 밤하늘의 별들을 관찰하기도 했다. 또 밤이면 관솔불을 밝혀 들고 동네 아저씨들을 따라 남한강 백사장으로 가서, 찰랑거리는 맑은 물 아래 밤잠에 취한 물고기들을 작살이나 족대로 잡아 올렸다.

사진이 귀하던 시절, 사진관에 가서 형과 찍은 백일 사진이 남아 있다.
부모님 계획상으로는 이미 7남매의 마지막 아이였기 때문에
특별 대우를 해주신 게 아닐까.

내 친구
김재운

양평의 '자연 생활'에 신이 났지만, 5학년이 되면서 다시 원주로 돌아갔다. 중학교 진학을 준비하기 위해서였다. 바로 위의 형과 누나들은 원주에서 자취 생활을 하며 학교에 다니고 있었다. 서서히 사춘기에 다가서는 중요한 시점에 처음으로 부모님 곁을 떠나 형, 누나들과 함께하는 자취 생활로 옮겨간 것이다.

늘 그랬듯이 인생은 알라딘의 마술 램프 속 지니처럼 나에게 "뭘 원하십니까?"라고 물어보지 않았다. 그저 변한 환경에 적응하며 살아남아야 했을 뿐. 그래도 요즘 아이들이 부모의 간섭과 야단 속에 살아야 하는 것에 비하면 이편이 훨씬 나았다. 학업 성적도 이때가 가장 좋았다. 시골에서 전학 온 1등에게 다행히 기존 아이들은 박해를 가하지 않았다.

원주초등학교 5학년 말에 시내 학군이 개편되면서 나는 봉천 건너에 사는 아이들과 함께 명륜초등학교로 옮겨야 했다. 인생은 또 한 번 나를 낯선 곳으로 집어던진 것이다.

6학년 마치고 중학교 진학을 앞두었을 때, 나이가 한 살 많아 형님 같던 반장 김재운(가명)이 중학교에 가질 못했다. 그는 성적에서 늘 전교 1, 2등을 다투고 축구부 주장도 맡아 원주 시내에서 우승하는 등, 재능과 지도력을 겸비한 친구였다.

그러나 재운의 부모님은 막노동으로 생계를 이어가셨고, 재운이 밑으로 동생들이 갓난아이까지 포함해 일곱이나 있었다. 그래서 맏아들인 재운은 중학교 진학을 포기하고 생활 전선에 뛰어들어야 했다. 인생은 그에게 재능은 주었지만 기회는 빼앗아버린 것이다.

이 이야기를 전해들은 나의 아버지는 '조실부(早失父)'하여 소년 가장이 된 당신의 과거가 떠올랐는지 "아이고 아까워라"를 연발하셨다. 그리고 이렇게 덧붙이셨다.

"서울대 갈 수 있는 아이인데…."

그때만 해도 나는 서울대가 어디 있는지도 몰랐다.

중학교 때 서울로 전학한 뒤로는 재운을 잊고 지냈다. 그러다가 고 2 때 고향에서 초등학교 동창회가 열린다는 소식을 들었다. 서울의 신흥 명문 사립 고교생이던 나는 초등학교 동창회에 나타나서 여학생들의 시선을 한 몸에 받았다(친구들은 나의 착각이라 놀리지만 이날은 정말 그랬다).

예쁜 여자 동창이 눈에 띄어 영화관 앞에서 따로 보자는 말도 해놓았다. 그런데 친구로부터 재운의 소재를 전해 듣고는 그 길로 찾아갔다. 오랜만에 만난 재운은 기억 속에서처럼 키 크고 자신만만한 반장 겸 축구부 주장이 아니었다. 땀과 때에 절어 있는 러닝 차림이었고, 얼굴에는 수염이 아무렇게나 자라 있었으며, 허리는 구부정했다. 그는 철공소 근로자였다. 극심한 생활고에 지쳐 희망마저 잃은 듯한 그의 눈빛은 더 이상 옛 친구의 눈빛이 아니었다.

나는 앞서 여자 동창과 약속했던 곳에 가지 않고 그대로 서울로 돌아왔다. 그날 이후 재운의 마지막 눈빛을 잊을 수가 없었다. 서울대에 간 것도 내가 잘나서가 아니라, '이 땅의 재운이들'의 불운과 희생에 편승한 결과임을 깨닫게 되었다. 나는 단지 어려운 환경에서도 자식 교육에 헌신하신 부모님을 만나 기회를 얻었을 뿐. 따라서 내가 게으르거나 노느라 내 길을 충실히 가지 못한다면 그것은 나 자신뿐 아니라 친구 재운에게도 죄를 짓는 일이라고 믿었다.

　가족을 위한 희생으로 학업을, 꿈을 접어야 했던 이 땅의 재운이들에게 참으로 송구한 마음이 든다.

김재운은 6학년 때 우리 반의 공부 1등 반장이자 축구부 주장이었다.
하지만 인생은 그에게 재능만 주고 기회는 빼앗아버렸다.
맨 뒷줄 왼쪽에서 두 번째가 나, 오른쪽 끝이 김재운.

수위실의
보리차 한잔

1970년대 중반, 내가 서울로 전학 온 중 2 초까지는 고교 입시가 남아 있었다. 아버지는 나의 고교 입시에 대비하기 위해 서울 명문 중학에 배정되어야 한다는 염원으로 서울 중심에 셋집을 얻어주셨다. 그러니까 우리 형제들이 서울에서 함께 살게된 첫 집이 사직동 언덕 끝집이었던 것은 순전히 나의 고교 입시 때문이었다.

그런데 내가 뽑은 학교는 아버지가 원하시던 '명문 중학'과는 거리가 있었다. 보인중학교. 지금은 다른 지역으로 옮겼지만, 당시는 광화문에 위치한 사립학교로 운동장이 무척 좁고 뒷골목이란 주변 여건도 썩 좋지 않았다. 그렇지만 나에게는 이전 경험에서 터득한 장점이 있지 않은가. 불만을 품거나 가지 못한 길을 아쉬워하는 대신, 내가 있어야 할 곳임을 깨닫고 빨리 적응했던 것이다.

그날의 추첨 결과로, 5년 뒤 같은 대학에 함께 진학하고 지금까지도 만나는 평생 친구들이 생겼으니, 아버지의 결정은 충분한 소득을 얻었다고 할 수 있으리라.

중학교 졸업 후 나는 우신고등학교에 진학했다. 우신고는 갑자기 서울의 고교 입시가 없어지고 추첨제로 바뀌는 것을 예견이라도 한 듯 J주조가 만든 사립 고등학교이다. 추첨제 2년 차인 내가 우신고를 지원할 수 있었던 것은 당시 특수목적고와 특수지고(도심에서 먼 학교)는 개별적으로 학생을 모집했기 때문이다.

우신고에서는 이러한 점을 이용하여 서울 시내 중학교 3학년 생들을 장학금으로 유인했다. 고교 3년간은 물론 대학 입학 성적이 우수할 경우 대학 내내 장학금을 주겠다는 조건은 우리집처럼 경제력이 넉넉지 못한 중학생들에게는 매우 매력적으로 느껴졌다.

그리고 학교 측에서 제시한 고교-대학 장학금과 학교 발전

플랜(교문 앞 지하철역 유치, 체육관 설립. 둘 다 내가 고교를 졸업하고 한 참 뒤에야 이루어졌지만) 등은 나의 중학교 선생님들의 호감을 얻기에 충분했다. 그래서 선생님들은 우신고를 추천하셨고, 나는 아버지와 함께 그곳을 방문했다.

우신고의 입학 관련 담당 선생님은 너무 많은 방문에 지쳐서인지 썩 자상하진 않으셨던 모양이다. 아버지는 그 선생님과 면담 후 결론을 내리신 듯 불편한 어조로 말씀하셨다.

"이 학교는 오지 않는 게 좋겠다."

나는 그때까지도 미래에 대한 결정을 스스로 내릴 일은 없다고 여겼으므로, 호불호 표현조차 하지 않았다. 아버지의 말씀에 이렇게 답하며 함께 교문으로 향했다.

"그럼 제가 올 학교가 아닌가 보네요."

그런데 그날은 몹시 추웠고, 온수동발 광화문행 123번 버스는 배차 간격이 워낙 길었기에 우리는 학교 수위실에서 몸을 녹이며 버스를 기다리게 되었다. 나이가 꽤 들어 보이던 수위 아저씨는 우리에게 따스한 보리차를 건네시고는 구수한 어조로 학교 설명을 이어가셨다. 그 덕에 잔뜩 얼어붙었던 우리 마음은 조금씩 녹기 시작했다.

마침내 아버지의 마음은 완전히 녹아서, 20분 뒤 123번 버스에 오를 때는 우신고 진학을 결정해 놓으신 상태였다. 갈림길에서 순간의 선택이 이후 수십 년을 좌우하게 된 것이다.

입학 후 신설 고교의 지나치게 엄격한 규율, 집에서 너무 오래 걸리는 점 등으로 인해 나는 학교에 적응하지 못했다. 성적도 떨어져서, 차라리 자퇴하고 검정고시를 볼까 생각했을 정도이다. 다행히 시간이 더 지나면서 현실에 순응하기로 결정, 결국 우신고 제2회 졸업생이 되었다. 지금은 내가 만나는 사람들의 압도적인 비율이 고교 동기 및 선후배일 만큼, 우신고는 내 인맥의 가장 큰 뿌리이다.

그날 수위실에서 마신 보리차 한잔이 내 인생에서 가장 중요한 계기가 될 줄 누가 알았으랴. 만일 입학 상담을 마치고 교문 쪽으로 걸어나갈 때 123번 버스가 바로 도착하여 평소처럼 뛰어가 탔더라면?

이 또한 하늘의 뜻인 것이다.

우신고등학교 제2회 입학식, 맨 왼쪽 줄 앞에서 두 번째가 나.
장학생으로 입학했으나 지나치게 엄격한 규율 등으로 인해 초기에는
학교에 적응하지 못하고 자퇴까지 고민했다.

돈으로부터의
자유

초등학교 4학년 이후로는 남자만 있는 교실에서 지내야 했다. 그래서 고교 시절에는 여학교 국어 교사가 되어, 낙엽 떨어지는 가을 창밖을 바라보며 읊어주는 시 한 편으로 인기를 끄는 유치한 상상도 해보았다.

7남매를 가르치시느라 현실의 짐이 늘 무거웠던 아버지는 "무조건 전문직이어야 한다. 그중에서 의사 되는 게 제일 좋다"라고 귀에 못이 박히게 말씀하셨다. 수동적으로 살아온 나는 별다른 대안도 없었으므로 나의 성향(영어, 국어를 수학, 과학보다 훨씬 좋아했다)에 반해 이과를 선택, 의대에 지원했다.

그렇지만 입학원서에 확인받으러 모교인 우신고에 갔을 때

연구주임 선생님이 도장 찍을 자리에 물음표를 그려 넣고 한참 뜸들인 것을 보면 기대가 별로 없었던 것 같다. 마침 그해 본고사 수학 시험이 그리 어렵지 않았던 덕에 결국 서울대 의예과에 합격했다. 또 막차에 올라탄 것이다.

대학 입학과 함께 6년간 목을 조이던 제복으로부터 자유를 추구했을 법한데, 당시 서울대 신입 남학생들은 대부분 대학교 교복을 맞춰서, 입학식은 물론 이후로도 얼마간 입고 다니는 분위기였다. 이른바 'S대생'이 된 것을 자랑하고 싶은 마음에서였으리라.

나 역시 주위 친구들처럼 교복을 맞춰 입을 자격이 있다고 생각했으나, 우리 집에서는 이미 형에게 서울대 교복을 사주었으므로 나는 당연히 그 교복을 물려 입고 입학식에 참석했다. 형과 체형이 달라 가슴이 쩨고 소매도 짧았지만…. 사실 교복은 한 달이면 효용 가치가 사라진다. 길어야 문무대(병영 체험) 입소 전까지 6주 정도? 잠깐 기분 내기 위한 지출은 나와 거리가 먼 얘기였다.

중·고등학교 시절에는 부모님으로부터 간혹 용돈을 받았지만, 그것은 학비와 교통비로 쓰기에도 빠듯했다. 대학 입학 후에도 여전히 나를 위해 쓸 수 있는 돈은 없었다. 그러다가 마침내 아르바이트를 하면서 내가 번 돈을 마음대로 쓰는 것이 가능해졌다.

3월에 처음 동네 고 3 학생을 가르쳐서 4만 원을 받았다. 나는 이 돈을 고스란히 아버지께 드렸다. 그동안 키워주시느라 정말 고생 많으셨다는 감사의 뜻으로.

두 번째 받은 아르바이트 월급 4만 원으로는 청계천에 가서 3만 3천 원짜리 사이클 자전거를 샀다(기어가 있는 것은 6만 원이라 못 사고). 그다음 달 4만 원으로는 세운상가에서 앰프와 턴테이블을 샀다.

그때만 해도 아직 카세트테이프가 보급되기 전이라, 원하는 음악을 골라 들으려면 전축이 필요했다. 당시 내 방은 지하에 있었고, 파리채 한 번 휘둘러 10여 마리 파리를 잡을 만큼 허름하고 어두웠다. 하지만 나는 전축 덕분에 그곳에서 엄청난 풍요를 맛보게 되었다. 내 돈으로 장만한 전축과 LP판으로 원하는 곡을 들을 수 있게 된 것이다.

자전거와 전축만으로도 그간의 모든 부족함이 충족된 것일까, 아니면 20년 넘게 몸에 밴 '돈 안 쓰고 살아남기' 본능이 완전히 DNA에 각인된 것일까. 그 후 전문의가 되어 의예과 1학년 때 받은 아르바이트 월급보다 수입이 훨씬 더 늘어났음에도 더 이상 나 자신을 위해, 내가 원하는 것을 위해 지출한 기억은 거의 없다.

나는 '돈 안 쓰기 DNA', 다른 말로 '빈민 DNA' 때문에 물질적으로 자유롭다. 어쩌면 그 덕분에 국립대 교수로 지내면서도 대학생 네 명의 아비 노릇을 할 수 있었는지 모른다.

1978년 서울대 입학식 후 보인중학교 동창들과(맨 왼쪽이 나).
나는 물려입은 교복, 친구들은 새로 맞춘 교복을 입었다.
나만 집결 장소 변경 연락을 못 받고 한참 헤맨 뒤라 삐져 있다.

어드벤처에
원더링을 더하면

노세 노세 예과 때 노세, 본과 가면 못 노나~니. 예과는 천국이요, 본과는 지옥이라. 얼씨구 절씨구 차차차."

이렇게 시작하는 〈예과송〉. 요즘 의예과 학생들은 이 노래를 모를 뿐더러 안다 해도 부르려는 사람은 없을 것이다. 그렇지만 우리 세대는 개강·종강 파티를 포함, 온갖 의예과 행사 때마다 빠지지 않고 불렀다. 의예과, 본과, 인턴, 레지던트, 개업까지, 단계를 올라갈수록 놀기 힘들어지므로 무조건 예과 때 잘 놀아야 한다는 노래였다.

요즘도 분위기는 별반 다르지 않을 터. 의사 평생에서 가장 부담 없이 지낸 기간이 언제였냐고 묻는다면 대부분은 의예과 시절이라고 답할 것이다. 의대는 가혹한 성적 경쟁 사회인데, 의대 졸업 성적에 의예과 것은 반영되지 않기 때문이다. 물론 F를 받으면 1년을 다시 다녀야 하지만. 일부는 의예과를 조금이라도 더 향유하고 싶어서 일부러 F를 받아 1년 유급했다는 얘기도 들었다. 지나고 보니 왜 그렇게 필사적으로 놀아야 한다고 부르짖었나 싶은데, 당시 의예과의 일반적 문화였던 것 같다.

그런데 도대체 '논다'는 것은 무엇인가? 술과 담배에 절어 해가 중천에 뜰 때까지 자취방에서 뒹굴다가 수업 빼먹고 당구를 치는 것인가? 또는 몇몇 친구들처럼 하루가 멀다 하고 불나방처럼 도심의 고고장을 전전하는 것인가?

어느 쪽이 되었든, 자신을 위해 돈을 쓸 수 없도록, 쓰더라도 최대한 아껴 쓰도록 길들여진 나로서는 추구할 수 없는 삶의 모습이었다. 아니, 내가 아껴 써야 했던 것은 돈뿐만 아니었다. 귀중한 시간과 기회를 소모적인 일에 써버리는 것은 옳지 않다고 생각했다.

이와 관련하여 나는 교수 시절 강의에서 영화 〈빠삐용〉의 한 장면을 인용하곤 했다.

수차례 탈주 시도와 실패 끝에 몇 년간 독방에서 세월을 보내야 했던 빠삐용. 보통 사람이라면 삶에 대한 희망을 접을 수밖에 없는 상태였다. 빠삐용 역시 연속되는 실패에 지쳐 포기한 상태에서 어느 날 꿈을 꾼다.

사막 위의 심판대에 불려나온 빠삐용. 그는 재판장이 "네 죄를 알렸다!"라고 하자 "나는 무죄요"라고 답한다. 빠삐용이 감옥에 끌려온 죄목은 아내를 살해했다는 것이었고, 그는 초지일관 무죄임을 주장했다. 그러자 재판장이 이렇게 말한다.

"너의 죄목은 인생을 낭비한 것이다."

이 말에 빠삐용은 힘없이 인정하며 돌아선다.

"나는 유죄다."

그 꿈 이후 빠삐용은 목숨을 건 마지막 탈출에 성공, 유명한 주제가 〈프리 애즈 더 윈드(Free as the Wind)〉가 울려퍼지는 가운데 망망대해로 떠나간다.

물론 의예과 시절의 나는 영화 속 빠삐용만큼 비장하지는 않았다. 그러나 나의 삶이 앞으로 어떻게 펼쳐질 것인지 궁금해서 '원더(wonder)'했고, 그리하여 '원더(wander)'하기로 결심했다. 여기서 후자의 'wander'는 길을 잃고 방향도 없이 방황한다는 것이 아니라, 여기저기 기웃거리며 어디든 갈 수 있고 경험할 수 있다는 의미이다. 다시 말해 기본적인 목적을 깔고 있는 도전이다. 다만 가야 할 길의 방향이나 목적지가 명확치 않고 수시로 바뀔 수도 있어서 '방황'이라는 말로 번역될 뿐.

나는 유흥에 시간과 에너지를 탕진하는 대신 새롭고 다양한 경험을 쌓기로 결정했다. 이것을 계기로 내 삶에서 '도전 정신', 다른 말로는 '어드벤더링(Advendering)'이 중요한 자리를 차지하게 되었다. 어드벤더링은 원더링의 사전적 의미만으로는 부족해서 내가 만들어낸 신조어로, 모험과 도전을 뜻하는 '어드벤처(adventure)'와 '원더링(wandering)'을 합친 단어이다.

어드벤더링에는 '굳이 하지 않아도 되는 일을 찾아다니는 것'이란 의미도 들어 있다. 소설의 주인공 돈키호테가 먹고 사는 측면에서는 굳이 하지 않아도 될 '기사 수업'을 떠나듯이. 현재에 안주하려는 이들 눈에는 돈키호테형 인간이 문제아로만 비칠지 모른다.

그러나 인류 역사에서 어드벤더링은 진보와 발전의 원동력이었다. 미지의 세계에 도전한 콜럼버스, 마르코 폴로, 빌 게이츠…. 우리나라에도 이러한 선각자, 개척자는 많다. '한반도 최초의 세계인'이라는 승려 혜초, 한글을 펴낸 세종대왕 등.

내가 실천해 온 어드벤더링은 매우 소박한 수준으로, 위인들에게 견줄 마음은 전혀 없다. 다만 의예과 때 시작되었다는 데 의미를 둔다. 예를 들면, 의예과 1학년 5월에 열린 8킬로미터 교내 마라톤 대회, 자전거 국토대장정, 탈춤반 가입, 구로동 노동야학 등. 당시 의예과생 대부분은 관심도 없고 굳이 해야 할 이유도 없었던 것들이지만 나는 기꺼이 도전했다.

어드벤더링은 모험, 도전을 뜻하는 '어드벤처'와 방황하다의
'원더링'을 합쳐서 내가 만들어낸 신조어이다. 의예과 1학년 때 참가했던
교내 마라톤 대회도 그러한 어드벤더링 가운데 하나.

첫 어드벤더링,
자전거 일주

모처럼 장만한 자전거도 활용하고 교통비도 아낄 겸 나는 방배동 언덕 꼭대기 집에서 관악캠퍼스까지 자전거로 통학했다. 두 개의 큰 고개를 넘어야 했는데, 그중 서울대입구 관악구청 고개는 매우 험준했다. 첫날에는 전체 높이의 5분의 1도 못 가고 자전거에서 내려 끌고 올라가야 했다. 그런데 매일 시도하다 보니 조금씩 나아져서, 보름이 지나자 한 번도 안 내리고 고개를 넘을 수 있었다.

환갑을 바라보는 지금도 건강상 큰 문제가 없는 것은 이때 몇 년간 자전거를 탔기 때문이라고 생각한다. 그때는 분당 심장박동 수가 45회 정도로, 자전거 통학이 그만큼 심장과 다리를 튼

튼하게 해주었다.

방학 때는 자전거 여행을 통하여 국토의 이곳저곳을 둘러볼 수 있었다. 기어도 없는 사이클을 타고 참 많이 돌아다녔다.

첫 번째 자전거 여행은 서울-대전-대구, 1박 2일 코스였다. 의예과 1학년 여름방학이 시작되자 오랜 친구 둘이 나에게 자전거 여행을 함께 가자고 제안했다. 자전거로 부산을? 생각만 해도 겁이 나고 걱정이 앞섰지만, '친구들과 같이 가면 괜찮겠지'라고 생각하여 어렵게 부모님의 허락을 얻어냈다.

D데이 전날 그중 한 친구로부터 전화가 왔다. 자기들은 자전거 여행을 안 가기로 했다는 것이다. 그렇지 않아도 걱정스러웠는데 '굳이' 가지 않아도 되니 잘됐다며 포기해야 했건만, 나는 밤새 자전거로 절벽을 기어오르는 악몽을 꾼 다음 새벽같이 자전거에 올랐다. 그간 수동적으로만 살아오던 내 인생에 처음 찾아온 '어드벤더링' 기회를 놓치고 싶지 않다는 잠재 욕구가 발동했던 모양이다. 집을 출발하여 과천과 인덕원을 지나 남쪽으로 향했다.

첫날 서울-대전 구간은 전부 포장도로였고, 개미고개 외에는 이렇다 할 고개가 없었다. 평택 다음은 천안인데, 길을 잘못 들어 안성으로 빠졌다가 돌아오느라 왕복 32킬로미터를 손해 봤음에도 저녁 어스름 결에는 대전 친구 집에 도착했다.

다음날 대전-대구 구간은 대전을 벗어나기 무섭게 고개의 행렬이 이어졌고, 그다음에는 1~2시간씩 차도 사람도 인가도 없는 곳을 달려야 했다. 외로운 시골길, 사이클 페달 위에서 홀로 안간힘 쓰던 내 젊은 날의 초상. 높은 고개가 즐비했지만 단 한 번도 자전거에서 안 내리고 주파했다. 마침내 어둠이 내리기 직전에 목적지인 동대구 사돈댁(형의 처가)에 도착했다. 서울에서 대구까지 1박 2일에, 특히 대전-대구를 기어도 없는 자전거로 하루 만에 갔다고 하면 아무도 믿지 않았다.

두 번째 자전거 여행은 부산-목포 구간으로, 의예과 2학년 때였다. 비포장 구간이 많았고, 다도해로 빠져드는 숱한 산맥 줄기를 타고 넘는 길인 만큼 매우 험했다. 첫 번째 자전거 여행 때 한 번도 자전거에서 내리지 않았다는 자랑이 여기서는 통하지 않았다.

여러 가지 에피소드가 있지만 가장 압권은 경남 곤양에서의 간첩 신고 사건이다. 험한 지방도를 지나던 중 해가 져서 마을 이장님 댁에 1박을 청했다. 이장님이 저녁은 줄 수 있는데 자기 집은 식구가 많다며, 그 대신 마음 착한 강원도 출신 아주머니 집을 소개해 주셨다. 아주머니는 흔쾌히 받아주었으나 문제는 집주인 남편이었다. 그는 늦은 밤 술에 취해 귀가해서 학생증을 보자 하더니 그 집을 떠날 때까지 자신이 보관하겠다고 했다. 그래서 학생증을 맡긴 채 곤히 자고 있는데 갑자기 "손들어!" 소리와 함께 총부리가 눈앞에 나타났다. 집주인이 나를 간첩으로 신고했던 것이다.

오밤중에 경찰차에 실려 남해고속도로로 곤양파출소까지 가는 데는 3분이면 충분했다. 파출소에서 신분 확인도 순식간에 이루어지고, 숙직실인지 유치장인지에서 눈을 조금 붙였다가 통금이 해제된 새벽 4시에 풀려났다. 그런데 자전거를 찾으러 비포장 언덕길을 걸어 되돌아가는 데는 1시간 반이 꼬박 걸렸다. 미안해하는 아주머니를 뒤로하고 자전거에 올라 1시간여 뒤 다시금 곤양파출소를 지나게 되었다.

이날 밤의 해프닝 때문에 곤양이라는 지명이 좋은 기억으로 남아 있을 리 없다. 하지만 8년 뒤 곤양이 본적인 여인과 결혼, 처가 동네인 곤양을 한 번 더 방문하게 되었으니 운명이란 참 얄궂다.

어드벤처링의 묘미는 이렇듯 뜻밖의 사건과 마주하는 데에 있다. 그러한 사건들이 오래도록 재미있는 기억으로 남거나 이후 내 삶에 지대한 영향을 미치는 계기가 된다.

또한 '기록하는 습관'도 일종의 어드벤처링이라고 생각한다. 첫 번째 자전거 여행을 마치고 돌아온 뒤 그 경험을 여행기로 남겨서 교내 학보인 《대학신문》에 투고했다. 별로 기대하지 않았는데, 2학기 개학 후 처음 발행된 학보의 거의 한 면을 차지하며 여행기가 게재되었다. 적지 않은 원고료도 받았다. 원고료를 어디에 썼는지는 기억나지 않지만 많은 이들이 재미있게 읽었다고 말해 줘서 신이 났다. 문장력보다는 남다른 경험이라서 뽑힌 것이겠지만.

이것을 계기로 경험을 기록하는 습관을 갖게 되었다. 사실 학보에 소개된 덕분에 글쓰기 자신감도 조금 생겼다. 세월이 흐르면 기억 경계선 너머로 사라져버릴 소중한 경험, 그것을 글로 남기는 일은 중요하다. 자신을 위한 기록일 뿐만 아니라, '독자'라는 불특정 다수와도 내 경험을 공유할 수 있기 때문이다.

1978년 2학기 개학 후 교내 학보인 《대학신문》에
나의 자전거 여행기가 실렸다. 2만 2천 원으로 기억되는 거액의 원고료
외에도 친구들로부터 재미있게 읽었다는 얘기를 들으며 행복했다.

박정희 예과에서
전두환 본과로

내가 의예과에 다니던 때는 유신 말기였다. 박정희 18년 통치의 막바지인 만큼, 급속한 경제개발과 더불어 우리 사회의 어두운 면도 많이 드러나던 시기였다. 세상의 부정적인 모습을 마음 놓고 말할 수도 없었다.

나는 우리 사회의 여러 모습을 알고 싶다는 호기심에, 구로동 노동야학의 교사로 참여해 보았다. 의예과 2학년 때는 교내 탈춤반에 들어가 탈춤을 배우고, 공연에도 단역으로 참가했다. 또 여름방학 때는 교내 동아리들이 연합하여 농촌 활동을 가기도 했다. 덕분에 '메아리'처럼 운동권 색채가 있는 노래 동아리의 분위기도 접하게 되었다.

빈부 차이가 심했던 그 시절, 나는 부자보다는 빈자 편에 서서 세상을 바라보았다. 나 자신이 빈민으로 살았기 때문에 어쩌면 자연스러운 일인지도 모른다. 그런데 이러한 시각은 자칫 모든 일에 대해 비난만 일삼거나 지나치게 부정적으로 치우칠 우려가 있었다.

1979년 10월 마지막 주, 나는 의예과 2학년이었고 학도호국단 산하의 관악캠퍼스는 소위 매판적(買辦的)인 축제의 마지막 날을 앞두고 있었다. 축제는 재미없었지만 집에 그냥 있기도 그래서 '학교에 나가볼까?' 하던 차, 아침 TV 화면에 박 대통령 유고로 인해 전국 대학에 휴교령이 내려졌다는 자막이 떴다. 그해에는 이미 노동계의 많은 사건과 부마항쟁 등으로 시국이 어지러웠기 때문에 '유고'라는 표현을 본 순간 직감적으로 "가셨군"이란 말로 받아들였다. 이날의 TV 화면이 의미한 것은 단순히 '가신 한 사람'에 대한 애도로 끝날 문제가 아니었다. 이후 오래도록 우리 민족 앞에 험난한 시련의 길이 펼쳐질 것임을 그때는 알지 못했다.

나의 본과 1학년은 이렇듯 암울한 정치 상황 속에서 시작되었다. 학기 초반에는 "계엄철폐" 소리의 여운이 귀에서 쟁쟁할 정도로 하루 종일 그 말을 외치고 들었다. 우리나라의 거의 모든 대학생들이 길 위에 나와서 똑같은 소리를 외쳤으리라. 하지만 바람과 달리 비상계엄은 오히려 '계엄확대'로 변형되었고, 대학에 무기한 휴교령이 내려졌으며, 이 나라는 기나긴 어둠과 파행 속으로 접어들었다.

오랜 휴교 끝에 대학이 문을 열었지만 제대로 된 수업과 실습이 이루어질 리 없었다. 원래 본과 1학년 교과 과정은 오전 수업, 오후 실습으로 짜여 있지만, 우리는 부족한 수업 일수를 채우기 위해 실습 없이 수업만 들었다. 의대 과정의 기초라고 할 본과 1학년이 이렇게 파행적으로 지나버렸다.

망가진 것은 커리큘럼만이 아니었다. 변화를 꿈꾸던 모든 대학생들, 시민들의 가슴과 머리에 커다란 상처만 남긴 채 세월이 흘렀다. 여전히 세상은 내가, 우리가 바라던 것과는 무관하게 돌아갔고, 인생은 나에게 또다시 수동적인 생존을 요구하고 있었다.

격랑의 본과 1학년이 끝나고 2학년이 되었다. 정치적으로는 전두환 정권 2년 차, 다른 가능성은 없었다. 원했든 아니든, 행복하든 아니든, 우리는 각자 생존이란 '의무'에 집중해야 했다. 나 역시 의대생으로서 가야 할 길에 전념하게 되었다. 수업과 실습, 그리고 시험으로 점철된 나날들. 그렇게 바쁘게 보내고도 보상(성적)은 만족스럽지 않았다. 그러나 어쩔 것인가, 그것이 최선을 다한 결과라면.

당시 의대 동급생 중에 천재가 한 명 있었다. 그 친구는 굳이 머리를 싸매고 시험 족보를 외우지 않아도 늘 A를 받곤 했다. 다만 그의 문제는 남들이 하지 않는 짓, 이를테면 남들이 거부할 만한 제안을 즐기는 4차원적 인물이라는 점이다.

그 천재가 어느 시험 전날 도서관 입구에 서서, 자신과 술 한잔 같이할 사람 없냐며 술친구를 찾았다. 시험 준비를 위해 책과 문제집을 끼고 도서관에 들어가던 동기들은 그를 무시하고 황급히 사라졌다.

나도 처음에는 '시험 준비에 쫓기는 마당에 뭐 저런 녀석이다 있어' 하며 도서관의 내 자리로 향했다. 그런데 공부를 하면할수록 아직도 도서관 입구에 서 있을 그 친구가 생각났다. '아무리 특이한 친구라 해도 한 명쯤은 같이 술을 마셔줘야 하는 거 아닌가'라는 생각에, 입구로 내려가 보았다. 누군가 독지가를 만나 사라져 있기를 바라며…. 하지만 시간이 제법 지났음에도 그 친구는 여전히 술친구를 구하고 있었다.

나는 한숨을 내쉰 뒤 그에게 다가가서 말했다.

"내가 너와 같이 가줄게."

물론 나는 그다음 날 시험에서 썩 좋은 성적을 거두지는 못했다(그를 뿌리쳤다면 A를 받았을까?). 그래도 그 친구에게 적어도 한 명은 응답했고, 그게 나였다는 점에서 후회하지 않는다. 어쨌든 그로 인해 결정적 손실을 입은 것도, 인생의 길이 달라진 것도 아니니까.

·

1984년 삼사 훈련소에서 권총 사격 후. 계엄철폐를 목이 터져라 외쳤지만,
우리 세대는 인생의 첫 30년을 군사정권하에 살아야 했다.
정권이 여러 번 바뀐 지금도 군의관은 만 36개월 꽉 채워서 복무.

1984
의사국시 대란

"우리 학년은 온갖 역사적 사건, 새로운 시도와 변화의 희생양이다."

의대 동기들끼리 자조적으로 하던 말이다. 1980년 본과 1학년 때는 휴교조치로 가을이 되어서야 학교 문이 다시 열렸고, 실습은 모두 취소되었으며, 다음 해 1월 말에 본과 1학년 과정이 끝났다. 그 겨울은 유난히 눈도 많고 추웠다.

결정적으로 우리는 의사국가고시에 처음으로 '과락제도'가 도입된 학년이다. 이전에는 총점 기준으로 60점 이상이면 합격이었지만, 그해에는 어느 한 과목이라도 40퍼센트 득점에 실패하면 낙방이었다. 열 문제만 나오는 작은 과목들 중 하나라도 세 개 이하를 맞으면 총점이 아무리 높더라도 불합격이었다.

자세한 내막은 모르지만, 아마도 문제 수가 적은 과목 학회에서 "우리 과도 의사 되는 데에 엄청 중요한데, 문제 수가 적다고 학생들이 공부를 안 해. 과락을 만들어서 떨어져봐야 공부할 거라구" 해서 시행된 제도가 아닌가 싶다.

국가고시 시험장에서 내 앞에 앉은 타대 수험생이 내게 신경과와 임상병리과가 어렵지 않았냐고 물었을 때만 해도 나는 막연히 국가고시는 당연히 다 붙는 것이라고 생각했다. 그런데 국가고시 발표 날 전국의 의대들은 초상집 분위기가 되었다. 나는 운 좋게(?) 합격했으나, 내 앞자리와 뒷자리는 번호가 비어 있었다.

실로 그 파장은 엄청났다. 예년에 한두 명 떨어지던 서울대 의대에서 25명이나 낙방한 데다 성적 상위자들도 적잖이 피해를 입었다. 지방 의대들의 경우는 더욱 심각했다. 문제는 인턴 선발을 먼저 해놓고 국가고시를 치렀다는 점이다(예년에는 인턴 시험 합격할 정도면 국가고시는 모두 붙었으므로). 그래서 인턴 시험은 너끈히 합격했는데 의사면허증을 얻지 못해 인턴이 될 수 없는 상황이었다. 결과적으로 병원마다 인턴이 부족했고, 군의학교 입교자 수도 급감해 군의관 및 공중보건의 수급에 파행을 빚는 등 1984년 '의사국시 대란'은 그 파급 효과가 가히 핵폭탄급이었다.

본과 시절, 당시 의대생 중에는 가정의학과를 꿈꾸는 사람들이 많았다. 국가에서 의료 전달 체계를 미국처럼 바꾸려는 계획(가정의가 지역의 1차 의료를 담당하는)을 추진 중이어서 가정의학과가 크게 육성될 거라는 관측이 있었고, 지역에서 주민들을 직접 대하는 민중 친화적 측면 때문인지 특히 운동권 성향의 의대생들에게 인기가 높았다. 나도 진료 동아리에 소속된 친한 동기들의 영향으로, 막연히 가정의학과를 전공하여 달동네 등에서 가난한 주민들과 더불어 살면 좋겠다고 생각했다.

본과 4학년 막바지에 진로를 결정할 시점이 다가왔다. 가정의학과 군보(나중에 군의관으로 갈 사람) 정원은 세 명이었는데, 이미 성적 우수자들을 포함, 많은 동기들이 지원하는 분위기였다. 나는 어려서부터 경쟁을 기피하는 경향이 있어서인지, 어차피 가야 할 군대부터 다녀와서 결정하자고 생각했다. 그 당시에는 전공의 선발 시 군보와 비군보(병역필 혹은 면제자) 정원이 다르게 책정되어 있었다. 비군보 정원이 더 많았고, 상대적으로 경쟁이 덜해서 원하는 과에 들어가기가 쉬웠다.

전에는 훈련 기간 중에 공수특전사 군의관 지원자를 모집하기도 했지만, 그해에는 지원 기회조차 없었다. 인턴 수료 이상의 경력자만 현역 군의관이 되었고, 나처럼 막 의대를 졸업한 인원은 모두 공중보건의가 되었다.

국립보건원 교육 수료를 앞두고 근무 희망 지역을 신청했는데, 경기도는 전혀 자리가 없었다. 대학 동기들은 서울에서 가깝고 의대가 없는 충북에 대거 지원했지만 나는 병원선을 타고 싶어서 1순위 충남, 2순위 전남, 3순위 경남을 써냈다. 본적지와 출신 대학 소재지가 중요했던 탓에 충남과 아무 관련이 없던 나는 전남에 배치되었다.

나는 그래도 전남을 2순위로 썼으니 배치된 게 당연했고, 크게 억울할 일도 없었다. 어차피 낯선 세상에 던져질 거라면 멀고 모르는 곳일수록 성장에 도움이 될 듯싶었다. 하지만 전남 도청에 가니 대학 동기들을 포함한 다수가 서울 출신 의사들이었는데, 희망 순위 안에 전남을 쓰지도 않았으나 끌려 왔다고 억울해했다. 국가고시 결과 전남 지역에 공중보건의 공백이 많이 생겼던 것이다.

전남 도내 임지 결정 때 나는 비교적 국립보건원 시험 성적도 좋았고, 병원선 자리도 세 개나 있었기 때문에 무조건 병원선을 탈 수 있으리라 믿었다. 그런데 어떤 선배가 병원선의 장점(한 달 근무 중 반은 집에 와 있을 수 있다)을 하도 많이 얘기하고 다녀서인지 내 대학 동기들은 약속이나 한 듯 병원선을 선택했고, 바로 앞 순위에서 마지막 병원선 자리가 사라졌다.

다음은 내 차례, 몹시 당혹스러워하며 칠판 앞으로 불려나가 낯선 전남의 지명들을 바라보았다. 나보다 성적이 앞선 이들은 공통적으로 광주에서 다니기 좋은 지역을 선택했다. 시간을 너무 끌 수도 없어서 어디선가 들은 적이 있는 '무안'을 선택했는데, 무안군에는 '운남면' 한 곳만 남아 있었다. 이렇듯 나의 계획이나 의지와는 무관하게 설정된 환경 속에서 선택이 이루어졌고, 나의 운명이 굴러갔다.

무안군 운남면은 새로이 분가한 신생 면으로, 보건지소의 여건이 어땠을지는 상상에 맡긴다. 그렇게 나는 전남 끝자락으로 던져졌다.

군의사관 후보생들의 식사 장면, 왼쪽 앞에서 두 번째가 나.
낯선 단체 생활 후 나는 전남 끝자락의 공중보건의로 발령받았다.
그 3년은 내 인생에서 가장 중요한 것들이 결정되는 시기였다.

싸게 와주면
쓰겄는디

공중보건의로 근무했던 운남면은 무안반도의 끝에 위치해 있다. 원래는 무안반도 전체가 망운면에 속했는데, 내가 가기 2년 전 반도의 절반이 운남면으로 분가되었다. 전에는 간호사가 소장인 보건진료소였다가, 면 소재지가 되면서 공중보건의가 배치되는 보건지소로 바뀌었다. 그곳에 제2대 보건지소장으로 부임한 것이다.

당시는 '전 국민 의료보험'이 시행되기 전으로, 진료비를 병원 스스로 책정하던 시절이었다. 군청에서는 의료보호 환자용 약만 지원하기 때문에, 일반 환자용 약의 경우 보건지소장이 도시에서 사다가 임의대로 팔 수 있었다. 즉, 보건진료소든

보건지소든 거의 개인병원에 가깝게 운영할 수 있었던 것이다. 이후 점차 정부의 지원과 통제가 늘어나면서 제도가 안정되었다고 들었다.

운남 지역에서는 자석식 전화기를 사용하고 있었다. 손잡이를 여러 차례 힘차게 돌린 뒤 수화기를 들고 교환에게 어디 연결해 달라고 요청하는 전화로, 어른들은 반말로 "교환, 누구네 집 대줘" 하던 시절이었다. 보건진료소(간호사)에서 보건지소(의사)로 바뀌었지만 지역 주민들에게는 이러한 변화가 익숙지 않아서 그냥 "보건소 대줘라우" 하곤 했다.

면이 되기 전 운남 보건진료소에는 K 여사라는, 경험 많고 수단 좋은 보건진료원이 있었다고 한다. 지역 내 유일한 의료인으로서 활약했던 바, 보건지소로 걸려오는 전화 중 상당수는 그녀를 찾는 전화였다. 심지어 전화벨이 울려 "보건소입니다" 하고 받았더니, "엄마 바꿔줘"라는 말을 들은 적도 있다. 처음에는 어리둥절했지만 얼마 지나지 않아 K 여사를 찾는 전화임을 알고는 "그분은 ○○리 진료소로 옮겨가셨으니 그곳으로 전화해 보십시오"라고 친절하게 안내했다.

그러던 어느 날 다급한 전화가 걸려왔다.

"보건소지라? K 여사님 지겠소(계세요)?"

"아, 이제 보건소가 바뀌어서 제가 소장으로 와 있습니다. 무슨 일이신지요?"

"우리 딸이 아그를 낳는디 머리가 나오고 나서 시방 1시간째 저러고 있어라. 싸게 와주면 쓰겄는디…."

"알겠습니다."

급하게 왕진 가방을 들고 나섰다. 분가된 면이긴 하지만, 제일 먼 마을은 10킬로미터도 넘는 거리였고, 교통수단이라고는 튼튼한 두 다리뿐이었다. 군내 버스가 있어도 1시간에 한 대 정도 다녔으니 그것을 기다릴 수는 없었다. 다행히 그 집은 아주 멀지는 않았다. 전화로 설명한 말이 맞는다면 머리가 나온 뒤 1시간 반가량 지난 셈이었다. 사실 분만 견학이나 조수는 많이 해봤지만 나 혼자 문제를 해결해야 하는 분만은 처음이었다. 걱정도 되고 설레기도 했다.

집에 당도하여 "보건소에서 왔습니다"라고 외치니 산모의 어머니가 방문을 열어주었다. 방안은 매우 어두웠고(당시 가난한 집은 전기 연결이 안 된 곳이 많았음), 더 힘들었던 문제는 산모가 팔꿈치와 무릎을 바닥에 대고 엎드려 있는 자세였던 점이다. 그간 참관했던 분만은 모두 일반적인 자세(lithotomy)였는데, 엎드

린 자세의 산모는 처음 보았던 것이다. 의사로서 첫 단독 분만
인데!

플래시를 켜고 이리저리 살펴보니 과연 아기의 머리가 이미
밖으로 나와 있었다. 장갑을 끼고 아기의 머리를 잡아당겨 보
았지만 더 이상은 진행되지 않았다. 참으로 당황스러웠다. 어
떡하지? 도망가야 하나? 택시를 불러 타고 목포 시내 병원으로
가라고 해야 하나?

흥분을 가라앉히고 다시 차근차근 살펴보니, 탯줄이 아기의
목을 감고 있는 게 아닌가. 나는 준비해 간 실로 탯줄 양쪽을 어
렵사리 묶은 뒤 중간 부분을 잘라냈다. 그러자 아기는 기다렸
다는 듯이 밖으로 나왔다. 처음에는 얼굴이 파래서 걱정했으나
다행히 얼마 뒤 우렁차게 울어댔다. 태반이 나오고 나자, 원래
산파 역할을 하던 아기 할머니가 말했다.

"인자부턴 나가 할랑게 싸게 가보씨요."

후속 조치를 마무리하고 방 밖으로 나왔다. 펌프 물로 손을
씻은 뒤 물건들을 챙겨 넣는데, 아기 할머니가 따라 나왔다. 할
머니는 "아따, 겁나게 감사허긴 헌디 으짜께라? 가진 게 없구
마이라"라고 말하면서 꼬깃꼬깃한 천 원짜리 몇 장을 손에 쥐
어주었다. 그 모습을 보며 내가 와서 다행이라고 생각했다. K

여사를 집으로 불러서 아기를 낳는 경우 돈이 많이 든다고 들었기 때문이다.

나는 할머니께 돈을 돌려드리며 말씀드렸다.

"할머니, 이 돈으로 아기 엄마 미역국 끓여주세요."

"하이고 미안해서 으찌까."

미안해하는 할머니를 뒤로하고 보건지소로 향했다. 발걸음이 날아갈 듯 가벼웠다. 혼자서 담당한 첫 분만 성공, 1시간 반이나 끌던 난산 해결, 한 생명의 탄생을 도왔을 뿐 아니라 가난한 집에 의술로써 그리고 경제적으로 보탬이 되었다는 사실…. 보건지소로 돌아오는 내내 큰 행복감에 젖어 있었다.

몇 주가 흘러 서서히 잊힐 무렵, 젊은 아주머니가 갓난아기를 데리고 예방접종을 하러 왔다. 그런데 보통 아기 엄마와는 분위기가 사뭇 달랐다. 마치 선물이라도 숨기고 있는 것처럼 얼굴에 웃음이 가득했다. 바로 그 산모였던 것. 전기도 없는 어두운 방에서 엎드려 분만하는 바람에 산모의 얼굴을 몰라본 것이다.

"이 아기예요. 아주 건강해요."

다시 한 번 기쁨의 물결이 휩쓸고 지나갔다.

새 생명의 탄생과 성장은 참으로 신비롭다.
인종과 지역을 불문하고, 아이들은 특별하고 귀중한 존재이다.
에티오피아 병원의 소아 병동 벽에 그려져 있던 아이 모습.

무안에서
소록도로

무안군 운남면에서의 1년이 지나갈 무렵이었다. 대학병원에 남아 인턴을 마친 대학 동기들은 레지던트로 진급하거나 아닐 경우 군대를 가야 했다. 입대 날까지 1주일 정도 준비 기간이 주어진다는 것을 알고 있었기에, 친구 전종관(현재 서울대 의대 산부인과 교수)의 집으로 전화를 걸었다. 휴가 동안 무안에 한 번 다녀가라고 말하기 위해서였다. 그의 어머니의 대답.

"지금 소록도에 가 있다."

'소록도'가 내 현실에 처음 등장한 상황이었다.

이미 이청준의 소설 《당신들의 천국》을 통해 소록도라는 지명은 들어보았지만, 어디에 있는지도 몰랐다. 나는 어떻게든 그 친구를 무안에 오게 하려고 고민하다가 무작정 우체국으로 달려가서 전보를 쳤다. 그 시절에는 가장 빠른 통신 수단이 전보였는데, 글자 개수당 비용이 달라지므로 최대한 짧게, 내용은 이러했다.

"서울대병원 인턴 전종관 선생님 무안 운남 보건지소로 연락 바랍니다 김용민."

소록도가 얼마나 크고 넓은 곳인지 전혀 모른 채 전보를 쳤는데, 나중에 소록도에 가서야 전보가 그 친구에게 전달된 것이 정말 기적 같은 일이었음을 알았다. 어쨌든 놀랍게도 그는 며칠 뒤 운남에 모습을 나타냈다. 그날 밤을 새워가며 들은 소록도에 관한 이야기는 나에게 '그 섬에 가고 싶다'라는 열망을 불러일으키기에 충분했다.

당시 최대의 국립나병원으로서 소록도가 갖는 특수성, 특히 신정식 원장님이 섬을 어떻게 이끌고 의사, 간호사 등 의료진을 얼마나 잘 돌봐주시는지에 대한 이야기를 들을수록 새로운 세계에 대한 열망이 더욱 강해졌다. 운남 보건지소, 바닷가 시골 마을의 유일한 의사로서 할아버지, 할머니를 돌봐드리는 생활도 좋았지만 미지의 세상을 향한 모험, 즉 어드벤처링의 유혹을 떨칠 수 없었다. 그래서 질문했다.

"거기 가려면 어떻게 해야 하지?"

친구는 마침 소록도에서 근무 중이던 대학 1년 선배의 이름을 알려주었고, 나는 며칠 뒤 그 선배에게 편지를 보냈다.

"우성일 선배님, 저는 대학 1년 후배입니다. 전종관 동기로부터 소록도에 관한 이야기를 듣고 난 뒤 꼭 가고 싶어졌으니 기회가 오면 부디 도와주십시오."

그런데 소록도는 원래 공중보건의 중에서도 전문의가 가는 곳이었다. 결원이 생길 경우에 한해서 나 같은 일반의에게도 기회가 올 수 있는데, 결원이 날지 어떨지 모르는 상황이었다. 편지를 보내고서 거의 1년 가까운 세월이 지나도록 아무 일도 일어나지 않았다. 그러다가 2년 차 운남 보건지소 생활에 완전히 젖어들 무렵 느닷없이 도청에서 발령이 떨어졌다.

"○월 ○일까지 소록도로 옮길 것."

답을 기다리는 동안 소록도를 향한 열망과 기대가 거의 사라진 뒤였고, 동료 공중보건의들을 포함하여 무안 생활에 많이 익숙해진 무렵이라 처음에는 발령이 달갑지 않았다. 그러나 발령은 발령, 작은 봉고차에 얼마 안 되는 살림을 싣고 전남의 서쪽 끝 무안에서 남쪽 끝 녹동항을 거쳐 소록도로 이사했다. 인생은 나를 또 한 번 낯선 곳으로 보냈다.

전남 무안에 배치된 일도 의사국가고시에 따른 공백을 메꾸기 위한 것이었지만, 소록도로 옮겨가게 된 일도 '땜장이 소명'에 의한 것이었음을 추후 알게 되었다.

나에게 소록도 발령이 난 까닭은 그곳에 배치 근무 중이던 한 전문의가 한센병에 공포증을 갖게 되었기 때문이다. 그에게는 소록도에서의 순간들이 괴로움의 연속이요 하루하루가 지옥 같았다. 그러다 보니 스트레스성 위궤양이 발생했고, 휴가나 병가 등 온갖 기회를 이용하여 섬을 벗어나 있는 경우가 많았다.

당시 소록도에는 약 1,300여 명의 환우에 대해 단 다섯 명의 공중보건의가 배정되어 있었다. 그래서 돌아가며 매일 야간 당직 및 주말 당직을 서야 하는 현실에서 의사 한 사람이 제 역할을 못 한다는 것은 의사 모두에게, 그리고 병원 운영에도 큰 어려움을 안겨주었다.

의사들이 모여서 이 난관을 어떻게 풀어갈지에 대해 회의할 때, 우성일 선배는 무려 1년 전에 받은 얼굴도 모르는 후배의 편지를 떠올렸다고 한다. 그래서 나를 추천했고, 소록도의 대부 신정식 원장님이 정년퇴임 직전 마지막 업무로 도청에 요청, 무안 바닷가 마을 보건지소에서 근무 중이던 나를 소록도로 긴급 발령시키셨던 것이다.

운남 보건지소에서 친구 전종관을 운명적으로 만난 데 이어, 우성일 선배에게 쓴 편지 등 여러 요소의 조화로 결국 1년 뒤 소록도로 가게 되었으니 이 얼마나 오묘한 일인가! 내가 내린 결론은 놀라운 '하늘의 뜻'이다.

소록도를 방문 중이던 의대 동기 전종관(오른쪽)에게 극적으로 연락이
닿아 운남까지 찾아왔다. 이 만남을 시작으로 여러 힘이 복합 작용하여
1년 뒤 운명의 땅 소록도로 옮겨가게 되었다.

아기사슴 섬,
소록도

소록도는 하늘에서 본 모습이 머리에 뿔 달린 아기사슴 같다 하여 붙여진 이름이다. 1986년 1월 공중보건의로 부임 당시 약 1,300여 명의 한센병 환자들이 입원 중이었다. 그리고 그들을 돌보는 사람들이 함께 살아가고 있었다. 의사는 대부분 공중보건의였지만, 그 외 정규 간호사 30명, 간호조무사 80명은 전국 곳곳에서 온 자원자들이었다. 여러 직능의 행정 직원들도 있었는데, 상당수는 소록도에서 대를 이어 살아오던 원주민들이었다. 어쨌든 다양한 사람들이 자의 또는 타의로 소록도에서 어울려 살았다.

소록도는 중앙공원 덕에 아름다운 섬으로 알려져 있지만 경치만 놓고 보면 섬 안에서 밖을 바라볼 때가 더 아름답다. 천형 같은 병 때문에 섬에 갇혀 살아야 했던 한센인들에게 소록도에서 바라보는 바깥세상은 얼마나 더 아름다웠을까. 일제 강점기, 소록도에 강제 수용되었던 많은 환자들이 물살 빠르기로 유명한 녹동—소록 해협을 헤엄쳐 탈출하려다가 수도 없이 빠져 죽었다고 한다.

그렇지만 바깥세상 사람들의 눈에는 소록도야말로 인간적인 면에서 아름다워 보였다. 인류애 넘치는 땅으로 비쳤기 때문이다. 인간으로부터 버려진 인간들을 돌보기 위해 많은 젊은이들이 가족 등 주위의 반대에도 불구하고 섬으로 들어왔다. 1980년대 당시 이미 시골에서는 젊은 남녀를 보기 힘들었는데, 소록도에는 이렇듯 선한 젊은 남녀가 넘쳐나니 아름다울 수밖에.

두려움과 외로움 때문일까? 소록도는 매우 종교적인 곳이기도 하다. 환자 지대에는 개신교, 직원 지대에는 가톨릭 신자가 많았다. 또한 옛 선착장에서 걸어 들어오는 진입로 변 산자락에 아름다운 원불교 교당도 자리 잡고 있었다.

섬이다 보니 물과 전기 사정이 좋지 않았다. 수시로 정전이 되었는데 그럴 때면 칠흑 같은 어둠 속에서 하늘의 별을 바라보거나, 바람에 일렁이는 해송 숲에서 들려오는 귀신 우는 소리(실은 나뭇가지 소리)를 들으며 떨곤 했다.

소록도에는 유난히 귀신 목격담이 많다. 나도 비슷한 경험을 했지만, 내가 살았던 남(南) 관사 외딴집(숲 중간의 일본식 다다미집)에서 나보다 먼저 혹은 나중에 지낸 이들도 귀신을 보거나 소리를 들었다고들 한다. 워낙 억울한 죽음이 많은 곳이었으니 그럴 수도 있을 것 같다.

고등학교 때부터 10년간 냉담 중이던 나는 이곳에서 동료들과 어울리며 자연스럽게 가톨릭으로 되돌아갔다. 그것은 멕시코 과달루페회 소속 한조룡 신부님의 인도 덕분이었다. 한 신부님은 섬 안의 모든 이들에게 똑같이 웃는 얼굴로 거수경례를 건네고 사탕을 나눠주시는 등, 따스하고 친밀하게 다가오셨다. 안타깝게도 수년 뒤 세상을 떠나셨지만 그분이 뿌리신 사랑의 씨앗은 나를 포함한 많은 이들의 가슴속에서 자라고 있다.

소록도에서 내가 근무한 기간은 16개월로, 그리 길지 않다. 원래 전문의가 있어야 할 자리이다 보니 나 역시 특정 과의 진료를 담당해야 했고, 임상 경험이 없었으므로 2주간 서울에서 임상 실습을 받고 내려온 것까지 따지면 실제로 근무했던 기간은 1년 3개월 남짓이었을 것이다. 그렇지만 그 짧은 기간 동안의 삶이 지금 내 모습을 결정했다고 해도 과언이 아니다.

일단 전공을 정형외과로 결정하게 되었고, 함께하고 있는 배우자를 그 기간에 만났으며, 고 2 때 시작하여 10년이 되어가던 냉담을 풀고 성당에 다시 나가게 되었다. 군대 훈련소에서 배운 담배를 끊은 것도 소록도의 아침 공기를 원 없이 들이켜기 위해서였고, 오늘날까지 만남이 이어지고 있는 또래 동지들(의사, 치과의사, 약사, 간호사)도 얻었다. 그리고 소록도에서는 흔한 모습인, '나 자신보다는 남에게 도움이 되는' 삶을 살겠다고 다짐하게 되었다.

아름다운 소록도는 훌륭한 동지, 배우자, 미래를 선물로 주었다.
현재 모습의 대부분은 소록도에서 결정되거나 얻어진 것.
왼쪽은 지금까지 만남이 이어지고 있는 이경엽 선생(현 광주상무병원장).

그 우산만
아니었다면

1985년, 전남 바닷가 마을 의사로 근무하다 보니 지리적 여건상 서울 집에 자주 올라오기가 어려웠다. 부모님 입장에서는 먼 지방에서 근무하는 막내아들의 결혼에 대해 걱정이 많으셨던 모양이다. 그 시절 남자 나이 만 26세는 결혼 적령기를 의미했다.

시골에서는 결혼 상대가 될 만한 젊은 여성 자체가 거의 없었고, 그러다 보니 서울에 올 때마다 종종 선을 봐야 했다. 지금 생각해 보면 다들 집안도 인물도 좋은 규수들이었지만, 그때는 처음 만나 확실하게 끌리는 게 없으면 얼마 얘기하다가 자리를 뜨곤 했다.

"시골 내려갈 버스 시간이 다 되어서 그만 일어날게요."

만남을 끝내기 위해 애용한 대사였다. 상대방의 관심을 끊으려는 용도로 사용한 또 다른 대사.

"나는 부자로 살 팔자가 아니다. 달동네에서 빈민을 돌보며 가난한 의사로 사는 것이 꿈이다."

사실 완전히 틀린 말도 아니긴 했다. 어쨌든 당시 신랑감으로 인기 높았던 '의사'와 선보러 나온 여성에게 달가운 얘기는 아니었을 것이다.

몇 번의 선을 본 뒤로는 서울 오는 것이 싫어져서 몇 달을 오지 않았다. 그래도 신정 가족 행사에는 참석을 해야 했다. 1986년 1월 1일, 가족 행사 후 집에서 쉬고 있는데, 갑자기 형수님이 전화기를 넘겨주며 말했다.

"지금 저쪽에 아가씨가 나와 있으니까 만날 약속을 정하세요."

아닌 밤중에 홍두깨였지만, 내가 끊어버리면 상대방이 정초부터 기분이 상할 것 같아 "아는 데 있으세요?"라는 물음으로 대화를 시작했다. 함께 아는 곳을 정하기가 어려웠지만 간신히 명동 L호텔 커피숍으로 약속을 잡았다. 이틀 뒤 1월 3일은 눈이 꽤 많이 내렸다.

요즘도 가끔 "두 분은 어떻게 만나셨어요?"라는 질문을 받는데, 그 답으로 이날의 만남에 관해서 들려주곤 한다. 특이점은 대략 여섯 가지로 요약된다.

첫째, 소개해 주는 사람 없이 알아서 만나기. 요즘은 흔하지만, 당시로는 파격적이었다. 명동 L호텔은 갈 일이 거의 없는 곳이었는데, 눈길을 뚫고 도착해 보니 커피숍이 두 군데였다. 그중 한 곳에 앉아서 기다렸다. 얼마 뒤 한 여인이 들어서더니 전혀 망설이지 않고 나를 향해 곧장 걸어오는 게 아닌가. 그녀는 나의 큰형 부부와 잘 아는 사이였는데, 큰형과 내가 닮아서 곧바로 알아봤단다.

둘째, 빈민 체질 발휘. "뭐라도 마셔야죠?" 하고는 메뉴판을 집어 들었다. 서울에서 가장 좋은 호텔 커피숍이다 보니 가격이 매우 높았다. 바닷가 마을의 다방 커피에 비하면 열 배도 훨씬 넘었다. 비록 처음 만난 자리였건만 나의 '빈민 DNA'가 얼마나 강했는지, "여기 엄청 비싸네요. 딴 데 가죠" 하면서 벌떡 일어났다. 상대방도 순순히 따라 일어났고 우리는 전망 엘리베이터로 향했다. 대학 시절 친구들과 어울려 한 번 타봤던 기억이 났다. 몇백 원인가 내고 엘리베이터를 타고 스카이라운지에 올라가면, 커피나 탄산음료 한 잔을 무료로 마실 수 있었다.

셋째, 쿨한 헤어짐. 미팅이나 소개팅을 하면 '애프터' 신청이 기본 예의라는데, 난 예의가 없어서인지 애프터 신청을 해본 적이 없다. 게다가 집까지 바래다주는 것도 예의라는데, 내 생각으로는 집까지 따라가면 피차 얼마나 부담스러울까 싶었다. 어쨌든 우리는 전망대에서 내려와 눈 덮인 길을 걸어 충무로역으로 향했다. 집 방향을 물어보니 나오는 정반대였다. 3호선 플랫폼에서 먼저 옥수 방면 지하철에 타고 가는 것을 본 뒤 나는 반대쪽 지하철을 타고 왔다. 지하철에 타는 것까지 봐주었으니 최대한 봉사했다고 생각했건만, "집까지 바래다주지도 않았다"며 이후 아내에게 평생 시달리는 계기를 만들었다.

넷째, 우산은 우리에게 행일까 불행일까. 아내는 '그럼에도 결혼하게 된 가장 큰 계기'로 우산을 꼽는다. 그러나 나는 L호텔 전망 엘리베이터 안에서 있었던 우산에 얽힌 일화를 기억하지 못한다. 아내 말에 따르면, 그날 눈이 많이 와서 우산을 가지고 있었는데 엘리베이터에 타는 순간 내가 아무 말 없이 자신의 우산을 잡더니 끝까지 들어주었고, 그 모습에 '인연'이란 느낌이 들어 마음이 움직였다는 것이다. 그래서 우리는 요즘도 이런 농담을 주고받는다.

"그 우산만 아니었으면…."

"그날 눈만 안 왔어도…."

다섯째, 가난한 의사여도 좋은가. 나는 예외 없이 아내를 처음 만난 날에도 "일반적인 의사에 대한 기대, 즉 윤택하고 안정적인 삶은 바라지 않는 게 좋다"라고 말했다. 가난한 사람들을 도우며 살아갈 계획이라고 덧붙이며. 그때는 그저 습관처럼 내뱉는 말이었는지도 모른다. 그러나 결과적으로는 아내가 그러한 나를 받아주었기에 지금까지 32년을 함께 살고 있고, 지금 이 길을 갈 수 있게 된 것이다.

'철밥통'이라 불리는 국립대 의대 교수직을 그만두고 국경없는의사회 활동가를 선택한 것에 대해 많은 이들로부터 받는 질문, "부인은 반대하지 않던가?" 아내의 속마음이야 모르지만, 어쨌든 결혼 전에 설명과 고지의 의무는 다한 셈이다. 그럼에도 주위 사람들의 마지막 결론은 한결같다.

"마나님이 더 대단하시네."

여섯째, 고생길의 시작. 그렇게 해서 공중보건의 마지막 2월에 결혼식을 올렸지만 흔히 보는 신혼부부와는 거리가 멀었다. 우선 우리에게는 신혼여행의 추억이 없다. 당시 중학교에서 담임을 맡고 있던 아내는 학생들에 대한 책임을 다하기 위해 봄방학이 시작되는 날로 결혼 날짜를 잡았고, 그다음 주에는 내가 인턴 오리엔테이션이 있었다. 결국 아내는 결혼식 당일 첫날밤만 서울 시내 호텔에서 보낸 뒤, 바로 시집살이를 시작했다.

인턴 오리엔테이션을 마친 날, 우리 부부는 무작정 청량리역에서 기차에 올라 양평 용문으로 향했다. 예전에 기차 타고 다니며 보았던 '풍차 있는 곳'에 가보기 위해서였다. 무모한 신혼부부는 밤 기차에서 내려 택시도 마다한 채 매서운 칼바람과 눈보라 속을 하염없이 걸어갔다. 마침내 호텔 로비에 도착했는데 직원이 "여기는 예약하지 않으면 안 되는 곳"이라는 게 아닌가. 이 추운 밤에 어디를 가야 하나 싶어 망연자실했다. 그런 우리가 딱해 보였는지, 직원은 잠깐 기다려보라더니 예약한 손님이 오지 않은 방이 딱 하나 있다고 했다. 천운이었다. 막차 인생, 아니 보결 인생쯤 되는 셈이다.

이렇듯 무계획, 무능력한 남편과 그럼에도 두말없이 따라나선 새댁은 여기저기 떠도는 중앙선 기차 여행으로 신혼여행을 대신했다. 나는 1주일의 결혼 휴가가 끝나는 일요일 밤 소록도로 떠났고, 아내는 혼자 시부모님과 지내는 처지가 되었다.

각박하고 힘겨운 수련 기간 동안 나를 지켜준 정신적 지주, 소록도.
부활절을 맞아 아내와 다시 찾은 소록도성당에서 고운 한복 차림의
두 오스트리아 천사 마가렛(왼쪽), 마리안느와 함께.

정형외과 의사로
쓰십시오

당시 한국나병연구원 김도일 원장님은 나보다 수십 년 대학 선배님으로, 일찍이 한센병의 연구와 치료에 투신한 권위자이다. 그분은 주로 성형외과 영역의 일을 하셨다. 눈 못 감는 토안이나 안면 마비를 수술로 개선시키는 것 등.

소록도에서도 1년에 한 번씩 직원들을 대상으로 한센병 관련 교육을 해주셨는데, 매우 터프하고 정열적인 강의로 유명했다. 1986년 어느 날 밤, 강의가 끝나고 나서 소록도 의료진들이 김 원장님을 모시고 바닷가 매점에 모여 대화의 시간을 가졌다. 나는 용감하게 대선배님께 질문드렸다.

"선생님처럼 한센병 환우에게 도움이 되는 의사가 되려면 어떤 과를 전공하는 것이 가장 좋겠습니까?"

그분은 주저 없이 대답하셨다.

"정형외과지."

대답을 듣고 나서 나도 주저 없이 결심했다.

'그럼 정형외과를 해야겠군.'

우리 학년은 처음 도입한 과락제도로 피해자가 양산된 의사
국가고시에 이어, 인턴으로 복귀할 때도 난관에 부딪혔다. 예
년의 경우 병역의무 3년을 마치고 돌아오는 비군보는 인턴에
거의 다 합격이었다. 군필에 대한 예우도 있었다고 들었다. 그
런데 우리 동기들이 병역을 마치고 돌아온 해는 하필 졸업정원
제로 입학 정원이 100명이나 늘어난(여학생들이 대거 입학했던) 3
년 후배들과 경쟁을 벌이게 된 것이다.

인턴 시험 발표일은 광주에서 전라남도 공중보건의 집단 교
육이 있던 날이었다. 대학 동기들이 한두 명씩 공중전화로 합
격 여부를 확인했는데, 의외로 불합격자가 줄줄이 이어졌다.
나는 의사국시 때와 마찬가지로 태평하게 "3년 마치고 돌아오
는데 낙방이 어디 있어?" 하다가 동기들 중 불합격자가 속출하
는 광경을 본 뒤 걱정에 휩싸였다. 다행히 또다시 막차로(증거는

없지만) 합격했다.

그런데 인턴에서 레지던트로 올라가는 과정 또한 문제였다. 정형외과의 인기가 높아서 지원자가 너무 많았던 것이다. 당시는 군보, 비군보 정원이 나뉘어 있었는데, 그해의 정형외과 비군보 네 자리를 놓고 최종적으로 일곱 명이 남았다. 나는 학교 성적으로 보나 뭐로 보나 썩 낙관적이지는 못했지만 소록도 바닷가의 밤 이후 정형외과 외의 다른 가능성은 생각하지도 않았다.

비군보는 항상 사전 조율에 성공하여 무혈 입성한 전례대로, 우리 일곱 명도 모여서 사전 조율을 시작했다. 그러나 그 누구도 물러서려 하지 않았다. 나는 경쟁률이 세서 자신도 없고 신혼의 오붓함을 누리지 못한 새색시를 위해서도 레지던트 지원을 1년 늦출까 생각해 보았지만, 아내 포함 주위의 의견은 "일단 가던 길은 계속 가야 한다"였다. 그리하여 비군보 지원 역사상 전무후무한 2 대 1 가까운 경쟁률 속에 전공의 시험에 임하게 되었다.

시험 전날은 마취과 당직을 서느라 병원에서 잠을 잤다. 나는 아침에 눈을 뜨자마자 혜화동성당으로 달려가 새벽 미사에 참례했다. 도저히 혼자의 힘만으로는 어렵다고 생각했으므로. 간절하게 기도를 올렸다.

'주님, 저를 정형외과 의사로 만들어주십시오. 그리고 원하는 곳에 저를 쓰셔도 좋습니다. 가라고 하시는 곳은 어디든 가겠습니다.'

마음이 한결 편해졌다. 시험을 썩 잘 본 건 아니지만 절망적이지도 않았다. 문제는 면접. 면접시험장 분위기는 생각보다 훨씬 험악했다. L 교수님 주도하에 면접관이 질문을 던지고, 지원자가 답변하면 그 꼬리를 잡아 벗어나기 힘들 만큼 가혹한 공격을 가하는 분위기였다. 예를 들면.

질문 : 정형외과에 왜 지원했나?

답변 1 : 남자다워서입니다.

반격 1 : 남자다운 거 좋아하면 공수부대나 (폭력) 조직에 들어가지 왜 이리로 와?

답변 2 : 어려서부터 손으로 무엇을 만들고 고치는 게 재미있었습니다.

반격 2 : 그러면 철공소, 목공소 가야지 왜 이리로 와?

지원자가 어떠한 답을 해도 그 답에 대한 반론과 공격이 이어지는 상황이었다.

나도 처음에는 모범적인 답변(남자가 할 만한 멋진 과 등등)을 하다가 이렇게 공격받고 나서는 해법을 찾지 못할 지경이 되었다. 결국 솔직하게 답하는 수밖에 없다고 판단했다.

"공보의를 소록도에서 하다 보니, 소록도 환자를 위해서는 정형외과가 가장 도움이 된다고 들어서 지원하게 되었습니다."

그러자 놀랍게도 면접 분위기가 돌변했다. 말 그대로 시니컬하게 반격하던 면접관들이 급변, 관심을 보이면서 "자네 소록도에 있었나?"로 시작하여 "오스트리아 수녀님들은 여전하신가?" "신 원장님은?" 등등 질문 공세를 퍼부었다. 나는 아는 대로 대답, 아니 설명을 하면서도 속으로 '면접시험 분위기가 이래도 되나' 싶었다. 매우 우호적인 분위기 속에 면접을 마쳤는데, 성당에서 마음의 안정을 얻었기 때문에 솔직하게 답할 수 있었는지도 모른다. 어쨌든 결과는 합격!

소록도는 많은 이들에게 지고한 선(善)이 실현되는 곳으로 여겨진다. 그 바람에 종종 현실도피적인 방문자들이 소록도로 찾아와서 이렇게 말하곤 했다.

"뭘 해도 좋으니 그저 이곳에 있게만 해주세요."

어쨌든 소록도에서 일하는 의사, 간호사는 '봉사의 화신'처럼 보였을 것이다. 서울대 정형외과의 경우, 소록도 공중보건의 복무를 계기로 근처 여수애양병원에서 평생을 바치신 김인권 원장님 덕분에 많은 이들이 소록도를 직간접으로 경험할 수 있었다. 그 후 소록도가 마리안느와 마가렛으로 대표되는 희생적인 봉사자들의 섬으로 인식되다 보니, 나 역시 그곳에 있었다는 사실만으로도 면접관들에게 '거룩해' 보인 것은 아닌지.

●

"정형외과로 뽑아주시면 어디든 가겠습니다." 전공의 시험 날 새벽에 드린
기도 덕인지 합격했고, 이후 약속을 지키기 위해 노력해 왔다.
사진은 소록도에서 바라본 득량만의 일몰, 십자가를 닮았다.

하루하루
살아남기

아프리카의 코끼리 가족은 우두머리 암컷의 기억과 경험에만 의존하여 물 찾기 여행을 떠난다고 한다. 수백 킬로미터의 위험한 여행 끝에 마침내 오아시스에 도착하는 삶의 고리를 대대로 이어온 코끼리들. 그들은 어쩌면 수천, 수만 년 전 처음으로 목숨 걸고 모험 여행을 떠난 선조 덕에 아직도 삶을 이어가고 있는지 모른다.

인턴 1년, 레지던트 4년, 총 5년의 전공의 수련 기간에는 어드벤더링이란 단어가 별로 등장할 계제가 없다. 개성이나 창의성보다 그저 순종하고 근면해야 되는 시기인 셈이다. 하루하루

일하며 생존을 이어가는 과정일 뿐. 내 인생에서 유일하게 일기가 남아 있지 않은 기간이기도 하다. 규칙적인 생활이 불가능하다 보니 정치적·사회적 이슈, 드라마나 가요 등 시대 흐름에서도 소외되기 일쑤였다.

봉건 시대의 도제제도가 아직도 남아 있는 예로 지목되는 전문의 과정. 각박한 수련 기간은 복종만 하며 보내는 것이 맞는 시기일 수도 있다. 특히 의대 졸업 후 바로 인턴·레지던트 과정을 시작한 이들은 그저 앞에 혹은 위에 있는 선배, 선생들의 모든 언행과 사상을 영혼 없이 따라 하고 답습하기 쉽다.

나도 의대생 시절, 선배가 하는 행위는 무조건 옳은 줄 알았다. 산과 실습 중 산부인과 주치의가 진통을 겪는 산모에게 조롱 섞인 말을 했는데, 그것을 산실의 재미있는 경험인 양 집에 와서 옮겼다가 예상치 못하게 어머니와 누나가 분노하는 모습을 보았다. 그 일을 계기로 '선배들의 언행을 무조건으로 받아들이면 안 되겠다'고 다짐했다.

다행히 나는 수련 기간 중에 선생, 선배의 뒤를 답습하는 동시에 새롭게 생각하는 훈련도 받을 수 있었다. 특히 정문상 교수님은 항상 다른 각도에서 생각해 보는 모범을 보여주셨고, 이는 향후 내가 새로운 아이디어를 이용해 치료법을 개발하는

데 큰 도움이 되었으므로 진심으로 감사드린다.

수련 기간은 주위 사람들과의 관계도 무척 중요하다. 나는 의대 졸업 후 군대에 먼저 가서 3년간 바깥세상을 경험하고 돌아왔기에 환자, 보호자, 병동 간호사 등 주변 사람들과 더 좋은 관계를 형성할 수 있었다고 생각한다.

인턴 시절, 매달 과가 바뀌다 보니 인턴과 병동 간호사들의 사이는 안 좋은 경우가 비일비재했다. 하지만 나는 모두 잘 어울렸던 소록도 체험 덕분에 조화롭게 지낼 수 있었다. 심지어 어느 병동의 간호사는 나 같은 신랑감만 만날 수 있으면 결혼하겠다고 말할 정도였다. 그것에 대한 나의 조크, "근데 이런 사람은 세상에 하나밖에 없으니… 어떡하죠?" 모두 웃음.

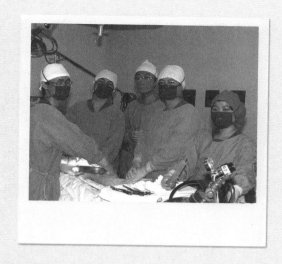

군대처럼 엄격한 계급 속에 숨차게 살았던 정형외과 레지던트 시절 4년.
그 막바지였던 치프 레지던트 마지막 수술에서 성상철 교수님,
후배 전공의들과 함께. 오른쪽에서 두 번째가 나.

네 번의
선물

"아이가 넷"이라고 하면 요즘은 애국자 소리를 듣겠지만, 전에
는 "능력이 있으니까"라는 반응들이 많았다. 그런데 셋째, 넷
째가 태어날 당시 우리 집안 형편은 이런저런 이유로 '형편 없
었'다. "능력 있으니까 넷이나…"라고 말하는 사람들에게는 웃
으며 이렇게 대답했다.

"제가 다른 능력은 몰라도 번식력은 확실히 있지요."

우리 능력 때문이 아니라 하늘이 선물로 주신 자녀들에 관해
이야기해 보면 다음과 같다.

첫 임신이 자연 유산되고 나서 산모의 건강을 위해 충분한 회

복 기간을 가진 뒤 첫아이를 낳았다. 장남이자 외아들인 첫째는 여러모로 중압감을 받았을 것 같은데 잘 극복하여 의과대학에 진학, 군의관 생활을 마치고 정형외과 전공의 과정을 밟고 있다. 사실 내가 작년에 조기 퇴직을 감행할 수 있었던 것도 아들이 결혼과 함께 본인의 삶을 새로이 시작한 덕분이다.

첫째가 태어났을 때 우리는 박봉의 맞벌이 부부였기에 아이 하나로도 쉽지 않은 생활이라, 둘째는 천천히 가지려고 했지만 하느님의 생각은 다르셨던 모양이다. 자연법에 따른 가톨릭 식 산아제한을 실천하고 있었으나 약 1년 반 만에, 즉 정형외과 레지던트 마지막 해에 둘째가 태어났다.

둘째이자 큰딸은 갓 태어났을 때는 "고 녀석 장군감이다"라는 소리를 들을 만큼 씩씩하게 생긴 데다, 아토피로 인한 야간 불면으로 부모를 힘들게 하더니 자라면서 미소녀로 바뀌어 주변에서 며느릿감으로 눈독 들이는 예비 시부모도 많이 생겼다. 지금은 자신이 꿈꾸던 교사의 길을 가려고 열심히 노력 중이다.

셋째이자 작은딸은 내가 첫 직장인 포항병원에서 근무하던 첫해에 태어났다. 그때는 국가 정책이 "하나만 낳아 잘 기르자"는 산아제한 시대라 셋째 분만은 건강보험(당시는 '의료보험')도 적용이 안 되었다. "부모 잘 만나 세상 빛을 볼 수 있었다"는 성당 신부님 말씀이 새삼 떠오른다. 셋째는 "아빠의 유전자를 많이 물려받았다"는 소리를 자주 듣는데, 현재 KOICA의 일원으로 이집트에서 한국어를 가르치고 있다. 영어, 프랑스어, 스페인어, 이탈리아어, 아랍어까지 구사하며 '나라의 딸'로 봉사하는 모습을 보면서, 우리 부부가 국가 정책을 따르지 않았던 것이 참으로 다행이라고 생각한다.

넷째인 막내딸은 아내가 엄청난 사고를 당해 사경을 헤매다가 회복해 가던 시기에 청주에서 태어났다. 세 아이를 돌보기도 버거웠던 터라 갑작스런 임신 소식은 가혹한 현실로 느껴질 수도 있었으나, 우리는 이 또한 '하느님의 선물'로 기꺼이 받아들였다. 터울이 많이 지는 늦둥이라 집안의 기쁨이 되었고, 위의 세 아이는 부모 같은 마음으로 동생을 보살펴주었다. 막내는 어려운 준비 기간을 거쳐 올해 원하던 대학교에 합격했다. 어렵게 태어난 것으로 보아 뭔가 하늘의 심오한 계획이 있으리라.

팔불출 소리 들을 각오로 아이들 이야기를 늘어놓은 이유는 인생사 어느 것 하나 내 계획대로 되지 않지만, 때가 되면 하늘의 뜻에 따라 이루어질 수 있음을 말하기 위해서이다. 하늘이 우리를 위해 가장 좋은 계획으로 마련해 놓은 길에서 인간의 몫은 그저 최선을 다하는 것뿐. 그로 인해 다시 새로운 장(場)이 열리면 인간은 또 최선을 다할 뿐. 이 과정이 반복되는 것이 인생사 아닐까.

3년 전 돌아가신 아버지의 방에 오랜 세월 걸려 있다가 지금은 내 방에 놓인 액자 속 글을 옮겨본다.

人謀事 天成事, 盡人事 待天命
(인모사천성사, 진인사대천명)

어린 시절의 4남매, 2001년경 서해대교 행담도에서.
나 때문에 포항, 청주, 대전, 천안을 전전하며 성장기를 보낸 아이들과,
어려움 속에서도 4남매를 반듯하게 키워준 아내에게 새삼 고맙다.

2장

교수가 된 땜장이 의사

가장 유명한 땜장이,
화타

소록도 공중보건의 시절 성당에서 청년 피정을 갔는데, 마무리 시간에 돌아가면서 각자의 소명(召命)에 대해 발표했다. 소명이란 '하느님이 나를 무엇에 쓰기 위해 세상에 내보내셨는지'에 대한 답을 의미한다. 나는 고민하다가 발표 직전 '땜장이'란 단어를 떠올렸다.

구멍이 났을 때 막아주는 이가 땜장이이고, 가장 쉽게 연상되는 것은 냄비를 때우는 일이다. 구멍 난 냄비는 그 기능을 상실하지만 내용물이 새지 않도록 구멍만 잘 때우면 계속 사용할 수 있다. 그런 면에서 땜장이는 치료자이자 꼭 필요한 존재이다. 그러나 한편으로는 소극적이고 수동적인 직업이기도 하다. 옹기장이가 그릇을 많이 만들어 팔수록 돈을 버는 데 비해 땜장이는 큰돈을 벌 수도, 유명해질 수도 없다. 땜장이는 남이 만든 그릇을, 누군가가 오래 사용하다가 구멍이 뚫려서 가지고 와야만 일이 생긴다.

의사가 하는 일도 구멍 난 냄비를 잘 때워주는 땜장이 역할과 닮았다. 건강한 사람은 의사를 찾아올 일이 없다. 어딘가 탈이 나야 의사를 찾는다. 인간인 의사가 다른 인간을 완벽하게 새로 만들어줄 수는 없다. 그리고 치유 능력이나 결과 자체도 만들어낼 수 없다. 치유 능력은 하늘이, 자연이 준 선물이다. 의사는 그저 치유 과정이 잘 진행되도록 도와줄 뿐. 정형외과 의사가 환자의 골절된 뼈를 직접 붙일 수는 없다. 잘 붙도록 여건을 조성해 줄 뿐이다.

역사상 가장 유명한 정형외과 땜장이는 누구일까? 그는 바로 《삼국지》에 등장하는 '화타'라는 인물이다. 물론 '과'라는 개념이 없던 시절이니 모든 문제를 다루는 전천후 의사였겠지만, 현대의 정형외과 의사와 같은 일을 했다는 뜻이다.

화타는 관우가 팔에 박힌 화살 독으로 고생할 때 수술로 고쳐주었다고 한다. 소설이나 만화에는 화살 독이라고 나오지만,

110

실제로는 만성 골수염이었을 것이다. 휴대폰이나 인터넷은커녕 자동차도 없던 시절, 중원 벌판 여기저기 전장을 떠다니는 관우를 치료하기 위해 화타 선생을 모셔오라고 한들 금방 연락이 닿아 진료에 임할 수 있었을까? 일부러 관우의 전장만을 따라다니며 진료하는 군의관급 의사였다면 모를까.

그러나 《삼국지》에는 관우의 상처가 낫지 않자 어떻게 하면 좋을지 의논한 결과 "화타 선생이 고명합니다", "그럼 모셔오라"고 명하는 과정이 나온다. 어떤 사가들은 화타가 이미 조조에게 죽음을 당한 뒤이므로 그의 제자가 관우를 치료한 것이라고도 말한다. 드넓은 대륙에서 화타를 수소문해서 모셔오는 데에 얼마나 오랜 시간이 걸렸을까를 상상해 보면 후자의 이야기가 더 사실에 가까울지 모른다. 하기야 관우를 치료한 의사가 화타인지, 그의 제자인지(또는 그를 사칭한 돌팔이인지)를 확인할 수나 있었겠는가.

현대 의학 관점에서 보면 관우는 팔에 화살을 맞은 뒤 골수염이 진행되었고, 화타는 만성 골수염을 치료하려면 썩은 뼈, 즉 부골(sequestrum)을 제거해야 함을 알고 있었기에 그 유명한 장면(관우가 바둑을 두며 의연하게 수술받는)이 탄생한 것이다. 마취 수단도 없던 시절, 서슬 퍼런 대장군의 오래된 골수염을 수술하려고 나서는 것은 결코 쉬운 일이 아니었으리라. 지금도 만성 골감염은 치료가 어려워 의사들이 꺼리는 경우가 있다. 자신의 안위만 생각하면 기피했어도 될 치료에 굳이 나선 화타는 '이타적인 땜장이 의사'의 표상이라 할 만하다.

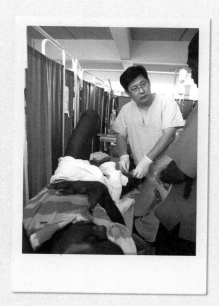

《삼국지》에서 관우 팔의 감염증을 수술로 치료한 화타는
정형외과 의사의 가장 오래된 모델이다. 아이티에서 넓적다리 전체가
농양으로 가득 찬 환자에게 배농술을 실시하고 있는 화타의 후예.

교수가 된
땜장이 의사

전공의 수련 기간 중에는 특별히 선택의 기회랄 게 없었지만 수료 후에는 또다시 많은 갈림길 앞에 서게 되었다. 내가 정형외과를 선택한 동기는 한센병을 포함하여 장애인을 돌보는 데 도움이 되겠다는 뜻이었지만, 수련을 마칠 무렵에는 소록도나 장애인 기관 등에 마땅한 자리가 없었다. 반면 정형외과 전문의를 원하는 곳은 많았고, 특히 그 시절 전국 곳곳에 설립된 신설 지방 의대들이 교수 구인난에 시달리고 있었다.

상황이 그렇다 보니 정형외과 수련 동기들이 지방 대학으로 떠나가는 분위기였고, 나 역시 레지던트 3년 차 때 파견 나갔던 동국대 포항병원 전임강사로 가게 되었다.

포항병원에서는 정형외과 전문의로서 다양한 임상 경험을 쌓을 수 있었다. 전문의가 셋이었는데, 선배 두 분은 각각 무릎과 척추·고관절 등 전공 분야를 나누었으므로 나는 그 외 손 환자와 각종 외상 등 일반 정형외과를 담당하다시피 했다. 그러다가 얼마 안 되어 척추·고관절을 맡았던 선배가 동국대 경주병원으로 옮겨가고, 나중엔 무릎을 맡았던 선배까지 이직하여 결국 내가 모든 정형외과 영역을 담당하는 처지가 되었다. 농담 삼아 하는 말.

"난 내가 올라운드 플레이어(all-round player)라고 생각했어. 알고 보니 노라운드 플레이어(no-round player)였지만."

어쨌든 부족한 것을 메꿔주는 땜장이로서의 삶 속에 또 많은 일들이 이어졌다. 셋째 아이가 태어났고, 나는 병원의 또래 동료 의사들과 어울리며 화목하게 지냈다. 학생들과 소통하며 선생으로서 보람도 느꼈다. 실습 나온 본과 학생들과 함께 죽도 시장에서 회를 먹거나, 병원 앞 포장마차에서 과메기를 먹으며, 또는 포항공대의 명물 통나무집에서 맥주를 마시며 많은 대화를 나누었다.

그러던 어느 날, 아파트 비탈에 세워져 있던 차가 갑자기 굴러 내려 어린 셋째와 아내를 덮치는 사고가 일어났다. 아내는 골반 분쇄골절 등 심각한 부상을 입어 두 차례의 큰 수술 후 4개월 동안이나 입원해야 했고, 아이 셋은 각각 서울 본가와 형님 집에 맡겨졌다. 나는 홀로 포항에서 근무를 하게 되었는데, 신설 대학 교수라는 사명감만으로 머나먼 타지 생활을 이어가기에는 너무 힘에 부치는 상황이었다.

포항병원에 새로운 전문의가 교수로 오면서 그간 혼자 짊어져야 했던 책임에서는 벗어났지만, 아내도 세 아이도 없는 텅 빈 포항 집에 앉아 끝없이 자문하곤 했다.

'이곳에 무슨 의미로 더 있어야 하지?'

그즈음 내가 수술한 환자 한 명이 입원 중 엉덩이 근육주사를 맞은 부위에 괴사가 발생, 환자의 아들이 외래 진료실에 들이닥쳐 내 멱살을 움켜쥐고 육두문자를 퍼붓는 일까지 생겼다. 수십 명을 병원에 몰고 와 협박하던 보호자는 보상 금액이 합의되자마자 만면에 웃음을 띠더니 "과장님, 욕봤심더" 하며 내게 악수를 청했다. 돈 앞에 인간관계는 아무것도 아닌 것 같아 서글펐다.

사고 후 고생하는 아내를 위해 서울 가까운 곳으로 옮길 것을 고려하던 차에 이러한 사건까지 발생하여 마침내 결심을 굳혔다.

그리하여 이전에 몇 번 '러브콜'을 받았으나 당시 동국대 사정상 떠날 수 없어 거절했던 충북대로 옮기게 되었다. 충북대는 지방 국립대 중 서울에서 가장 가깝다는 지리적 여건 때문에, 교수 요원들이 선호하는 곳이었다. 그런가 하면 신임 교수가 필요한 서울의 대형 병원들이 가장 먼저 관심을 가지는 곳이기도 했다. 그래서 많은 교수들이 충북대에 자리를 잡았다가 얼마 뒤 서울로 옮겨가 버리는 일이 비일비재했다.

　새로 부임한 충북대 의대는 연달아 다섯 명 정도의 2인자가 잠깐 머물다 떠나버려서 과의 안정이 필요한 상황이었다. 위로는 주임교수이자 나를 이끌어준 원중희 교수님과, 아래로는 후배 교수들 및 전공의 사이를 조율하는 2인자 역할을 맡게 되었다. 포항병원 시절 궂은일을 도맡았던 막내 교수로서의 경험을 토대로 과 전체를 충실하게 운영했다. 아울러 전공의나 학생들이 교수들에게 그다지 인정과 사랑을 받지 못한다고 느꼈기에, 그들이 용기와 긍지를 갖고 매진할 수 있도록 힘썼다.

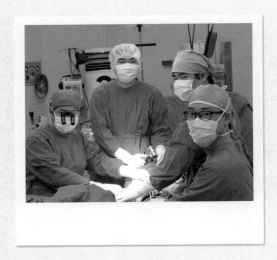

포항병원에서 나는 정형외과 전 영역에 걸쳐 '올라운드 플레이어'였다.
이후 충북대 의대로 옮겨가서도 이 경험은 많은 도움이 되었다.
충북대병원 수술실 풍경(맨 왼쪽이 나).

수술은 받지
않으셔도 됩니다

의대 교수는 사실 강의실에서 학생들에게 강의하는 시간보다
외래 진료실이나 수술실, 병실에서 진료에 임하는 시간이 훨씬
길다. 진료실에서의 실제 경험이 의대 교수와 제자 모두에게
중요한 이유는 교과서의 활자보다도 선생, 선배로부터 이어지
는 경험의 전승을 통하여 더 많은 것을 배울 수 있기 때문이다.
나는 대학에서 척추외과를 전공했으므로, 외래 진료실에는 척
추 수술 관련 환자가 많았다.

어느 날 40대 중반의 여성 환자가 걱정 가득한 얼굴로 남편과
함께 진료실을 찾아왔다. 허리가 아파서 시내 어느 병원에 가서
검사를 받았는데, "바로 디스크 수술을 하자"고 하더란다. 다른

곳도 아닌 척추를, 그것도 검사 당일에 수술하자고 하니 선뜻 납득이 가지 않아서, 대학병원에 확인차 왔다는 것이다.

증상을 물어보니, 허리가 아픈 것이 문제일 뿐 다리로 뻗쳐 내려가는 하지 방사통은 분명치 않았다. 진찰에서도 신경 압박 징후는 관찰되지 않았다. MRI(자기공명영상)에서는 디스크가 변성도 되고 약간 커졌으나 이 연령대에서 흔히 보이는 소견이고, 신경을 누르고 있지는 않았다. 그래서 환자에게 이렇게 말해 주었다.

"수술은 받지 않으셔도 됩니다."

그러자 환자는 눈물을 흘렸고, 옆에 장승처럼 서 있던 남편은 수없이 허리를 굽히며 감사를 표했다. 그동안 부부가 얼마나 마음 졸이며 지냈을까.

MRI가 도입된 이후, 이전 엑스레이 시대에는 보지 못하던 이상 소견들이 밝혀져 척추외과학이 크게 발전했다. 그렇지만 MRI가 자연적 퇴행으로 인한 이상까지 샅샅이 보여줌에 따른 부작용이 발생, 어떤 병원에서는 이를 모두 심각한 병변으로 판단하여 수술을 권유 혹은 종용한다고 한다.

또 다른 예. 20대 후반의 여성 환자는 아침에 화분을 옮기다가 허리를 삐끗하여 어느 척추 병원을 찾아갔는데, MRI 검사 후 디스크 문제가 심각하니 당장 수술해야 한다고 해서 그날 저녁 수술을 받았다고 한다. 그런데 감염이 발생하여 내가 진료하던 대학병원까지 오게 되었다. 최초의 정황상 갑자기 힘을 주어 허리 근육에 무리가 가서 생겨난 단순 요통이었을 것 같은데, MRI에서 관찰된 이상 소견 때문에 수술까지 받게 된 것이다.

영상 소견이 병적 상태인지, 현재 환자 증상의 원인인지를 신중히 판단해야 함은 아무리 강조해도 지나치지 않다.

그렇다면 과연 척추 수술은 어떤 경우에 필요한가? 척추 수술 여부는 MRI 등 영상만으로 결정할 문제가 아니라, 증상과 진찰 소견까지 종합해서 잘 살펴보아야 한다. 그 결과 수술 이외에는 치료 방법이 없거나, 수술이 가장 빠르고 효과적이라고 판단되는 경우에만 진행해야 한다.

상태가 심각하여 응급수술을 했던 40대 남성 환자의 MRI 영상은 지금도 선명하게 기억난다. 그 환자는 디스크 전체가 한 덩어리로 쏟아져나와서 신경다발 전체를 누르는 바람에 양쪽 하지와 비뇨기 마비가 진행된 상태였다. 수술 후 여러 해가 지나 우연히 타지에서 그를 만났다. "선생님 덕택에 이렇게 잘 돌아다녀요"라고 말하며 열심히 활동하는 모습을 보며 뿌듯했다.

그러나 이처럼 수술 여부를 상담하러 찾아온 환자 중 수술이 불가피한 비율은 그리 높지 않았다. 대부분의 환자들에게는 "당장 수술할 필요는 없어 보입니다. 일단 보존적 치료를 하면서 경과를 지켜보시죠"라고 말한다. 그래도 "다른 데선 당장 수술하자고 하는데…"라며 불안해하는 환자에게는 "현재 상태라면 수술을 요할 가능성은 없다고 보셔도 돼요"라는 말로 좀 더 확실하게 안심시켜 준다. 그러면 환자들은 깊은 안도의 한숨을 내쉬거나 눈물까지 글썽거리며 기뻐한다.

그 모습을 보면 내가 제자들에게 자주 했던 말이 떠오른다.

"의사가 환자에게 해주는 가장 좋은 치료는 '안심시키는 것 (reassurance)'이다."

수술이 잘되어 좋은 결과를 얻은 환자를 보아도 기쁘지만, "수술을 안 해도 괜찮다"는 확신의 말로 인해 안도하고 기뻐하는 환자를 볼 때도 의사로서 큰 보람을 느낀다. 전쟁을 치르지 않고 얻는 평화가 더욱 값진 것처럼.

평창패럴림픽 현장의 발자국. 착시 현상으로 인해 발자국이
눈 위로 솟아오른 것처럼 보인다. 척추외과 영역에서는 MRI가 보여주는
착시 현상으로부터 환자를 보호하고 안심시켜 주는 것도 중요하다.

정형외과를
말하다

교수로서 내 '전공'은 무엇이었을까. 공식적으로는 팔·다리·
척추를 담당하는 정형외과 전문의, 그중 세부 전공은 척추외과
이다. 그러나 주로 상황에 따라 필요한 역할을 맡다 보니, 특정
분야 전문가라기보다는 이것저것 모두 담당하는 일반 정형외
과에 가까웠다. 속된 말로 '땜장이 전문'이랄까.

수련을 마치고 전문의가 되면, 의사이긴 하지만 타과 영역과
는 멀어진다. 즉, 정형외과 전문의는 비뇨기과나 정신과 영역
에는 문외한과 다름없다. 게다가 의대 교수들은 대부분 전문
과목 중에서도 특정 세부 분야의 전문가가 되는 길을 선택한
다. 예를 들어, 정형외과에서 손을 전문으로 다루다 보면 척추

나 무릎에서는 멀어진다. 모두 정형외과 영역이건만.

전문가는 자신이 주로 다니는 '문(門)'에서만 전문가(專門家) 일 뿐, 다른 문의 입장에서는 통과시킬 수 없는 문밖의 사람, 즉 문외한(門外漢)이다. 그런 면에서 볼 때 나는 일반적인 전문가 의 개념과는 조금 다르다. 비교적 많은 문을 골고루 다니는 반 면, 나만이 다닐 수 있는 유일한 문은 딱히 없는지도 모른다. 그 렇기 때문에 나는 특정 분야를 전문으로 하는 교수들과 다르게 '개론' 등 다양한 강의를 맡게 되었다. 우선 대표적인 두 강의부 터 살펴본다.

정형외과학 서론

나는 오랫동안 충북대 의대에서 〈정형외과학 서론〉 강의를 맡 아왔다. 강의를 시작하면서 학생들에게 질문을 던진다.

"정형외과가 어떤 과인지, 무엇을 하는 과인지 말해 볼 사 람?"

이렇게 관심을 불러일으키기도 하고, 아니면 정형외과 환자 였던 사람이 있는지를 물어보기도 한다. 함께 수업을 듣는 친 구들이 몇 명이라도 손을 든다면 학생들은 이 강의가 자신들과 동떨어진 이야기가 아니라 현실임을 깨닫고 집중하게 된다.

그런 뒤 '정형외과(整形外科)'라는 한자 단어와 중국에서는 '골과(骨科)'로 불리고 있음에 이어 미국정형외과학회(AAOS)에서 마련한 정의를 들려준다. 그다음으로 의료계 내에서 정형외과의 별명이 '목수(木手)'라는 설명과 함께 정형외과의 특성을 설명한다.

사실 목수라는 별명은 정형외과가 주로 사용하는 각종 연장들에서 비롯되었다. 그러나 단어의 뉘앙스가 영혼 없이 그저 목공 혹은 금속 연장 작업을 하는 기능공 같은 느낌을 준다.

그런데 예전에 진짜 직업이 목수(목재 사용 황토집 전문)인 사람과 대화를 나누던 중 "우린 같은 목수이고, 남들에게는 영혼 없는 기능공으로 보일 수도 있다"라고 얘기하자, 그 목수가 발끈하면서 "목수야말로 영혼이 깃든 직업"이라고 주장했다. 그는 집을 지으며 못 하나 박을 때에도 마음속으로 '이 집에 모든 나쁜 기운을 쫓아내고 행운이 깃들기를' 기원한다고 했다. 그 말을 들으니 내가 직업적으로 하는 행위 하나하나의 의미도 다르게 느껴졌다.

목수는 인간 생활의 기본 3요소인 의식주 중 주(住)를 담당하는 직업이다. 집이나 배, 다리 등 모든 인공 구조물을 만들 때는 기본적으로 목수가 필요하다. 따라서 역사가 가장 오래된 직업

중 하나라 할 수 있다. 예수님도 만일 신상명세서에 직업을 써야 했다면 목수라고 쓰셨을 것이다.

외상학 서론

나의 두 번째 강의는 〈외상학 서론〉이다. 외상학은 정형외과 영역에서 가장 환자가 많고, 정형외과 하면 떠오르는 기본적인 이미지라고 할 수 있다. 어찌 보면 외상의 역사는 인류 역사와 함께한다고 할 것이다. 근대에 이르기까지 정형외과에서 가장 중요한 두 가지 분야를 꼽으라면 외상과 감염이다.

외상학을 그저 교과서에 의존해 외상의 종류와 치료 방법 위주로 강의할 수도 있을 것이다. 숱하게 등장했다가 사라지는 각종 질환과 병명들처럼. 하지만 나는 학생들에게 의사로서의 자세(attitude)를 중심으로 말해 주고 싶었다. 의사로서 외상 환자를 만날 때의 자세와 마음가짐, 목표 등.

외상, 즉 트라우마(trauma). 어제도, 오늘도 그리고 내일도 수많은 사람들이 다친다, 예고도 준비도 없이. 일단 다치고 나면 이전의 생활을 영위할 수 없다. 그러므로 외상은 인체의 특정 부위, 일부 뼈만의 문제가 아니다. 한 개인과 가족, 직장, 사회가 심각하게 공유할 문제인 것이다.

이러한 강의를 하는 데에는 나 자신의 경험도 상당히 큰 비중을 차지했다. 앞서 말했듯, 어린 아이 셋을 돌보고 있던 아내가 어느 날 갑자기 심각한 골절상을 당했기 때문이다. 그로 인해 우리 가정은 파괴되었고, 아이들 셋은 뿔뿔이 흩어져야 했다. 사고 후 약 5개월 만에 다섯 식구가 다시 한집에 모였지만, 달라진 아이들의 상태와 가족 관계 등을 회복하기까지는 그 후 더 오랜 시간이 필요했다.

나는 〈외상학 서론〉 강의에서 이렇게 말한다.

"골절의 정의(定義)는 '골의 연속성의 소실'이다. 그렇지만 우리가 기억해야 할 골절의 정의는 '한 인간의 생활, 그가 속한 사회의 연속성의 소실'이다. 따라서 우리의 의무는 뼈를 잘 붙이려는 데에 있는 게 아니라, 불의의 사고를 당한 한 인간이 어떻게 하면 완벽하게, 그리고 신속하게 이전 생활로 복귀할 수 있도록 하느냐에 있다."

전공의 시절, 응급실로 온 한 경골 간부 골절(tibia shaft fracture) 환자를 선임 전공의가 수술했다. 수술 후 엑스레이는 더할 나위 없이 완벽했다. 그러나 수술 이후의 경과는 정반대였다. 오로지 뼈를 멋있게 맞추어 고정하는 데에만 골몰한 나머지, 골절 치유에 필요한 다른 요소를 모두 희생시켰기 때문이다. 다시 말해 뼈를 잘 맞춘다는 미명하에 주위 근육에 손상을 주어서 혈액 공급 등 생물학적 환경을 완전히 망가뜨려버린 것이다.

골절 치료 술기(skill)는 남에게 멋진 엑스레이를 보여주려는 게 아니라, 삶의 연속성이 단절된 한 인간의 빠른 치유와 복귀를 돕는 데 의미가 있다. 땜장이의 손기술이 현란한 테크닉이 아니라, 구멍 난 그릇을 얼마나 잘 고쳐서 다시 쓰게 하느냐에 의미가 있듯이.

로마의 한 수도원에서 만난 '목수' 예수님.
목수라는 직업은 인간의 주거 및 활동을 위해 꼭 필요하다.
그 직업에 빗대어 불리는 정형외과 의사라는 사실이 자랑스럽다.

정형외과 교수가
해부학을?

충북대 재직 시절, 해부학 교실에서 각 분야별 임상 교실에 해부학 강의를 요청해 온 적이 있다. 그때는 다섯 명의 교수 중 두 명이 동시에 이직하여, 혼자서 과 전체를 떠받치다시피 하고 있어서 정식 강의는 도저히 불가능했다. 그 대신 2회에 걸쳐 〈정형외과 치료에 있어서 해부학의 중요성〉이란 특강을 하게 되었다.

사실 의대생 입장에서는 힘겹게 공부하는 것들이 어떤 의미를 갖는지, 현재 배우는 교과목이 앞으로 어떻게 쓰일지 알기 어렵다. 주어진 환경에 몸을 맡긴 채 생존을 위해 몸부림칠 뿐이다. 특히 본과에 진입하자마자 맞닥뜨리는 해부학 강의와 실습은 너무 생소하고 충격적으로 다가온다. 또 그전까지 비교적 여유롭던 의예과 생활과 딴판으로 하루하루가 힘겹다.

나 역시 본과 1학년 해부학 실습 때 처음 실습용 시체를 마주 보며 큰 충격을 받았다. 한때 나처럼 살아서 활동하던 인간이 이렇게 실습 대상으로 놓여 있다는 사실을 받아들이기 어려웠다. 의대 학생들 중 많은 수가 본과 1학년 해부학 기간에 휴학을 하는 것도 그러한 이유이다.

나는 강의에서 학생들에게 정형외과 실제 환자의 치료 전후 변화를 보여줌으로써, 이러한 치료를 하는 데에 해부학적 지식과 실기가 얼마나 중요한지 구체적으로 느끼게 했다. 해부학이 필요한 이유 중 하나는 인체의 기능을 이해하려면 기본이라는 것, 또 하나는 수술적 접근을 위해서이다.

교과서에는 없는 얘기지만, 신체 각 부분의 기능적 의미를 짚어주는 것은 흥미를 일으키는 데 유용했다. 인간은 일반적인 사지동물과 달리 직립 보행을 하기 때문에, 지상 이동은 두 다리에 의존하고 나머지 앞발(팔과 손)로 고도의 기능적인 동작을 하게 되었다.

전에는 인간의 손이야말로 "신의 선물"이라고 말했지만 지금은 인간의 다리도 손 못지않게 훌륭하다고 말한다. 다른 동물은 네 다리로 할 일을 인간은 두 다리로 멋있게, 어떨 때는 더 어려운 동작을 하지 않는가? 그리고 척추는 직립 기둥인 동시에 운동기관의 양면성을 갖게 된 것이다.

하지 강의를 시작할 때는 '다리'라는 단어에 대해 질문했다. 우리말로는 차나 사람이 건너는 다리(bridge)도 다리, 사람 몸의 다리(leg) 또는 하지 전체를 가리켜 다리라고 한다. 일본어에서도 건너는 다리를 하시, 사람 몸의 다리를 아시라 부르는 점이 비슷하다. "그렇다면 우리말 다리(bridge, leg)의 공통점은?" 바로 연결과 이동이다.

다음으로, 수술적 접근을 위한 해부학의 중요성을 살펴보았다. 예를 들어, 목 디스크 수술을 위해 목 앞 피부에서 디스크까지 도달할 때, 해부학이 없으면 무조건 최단거리로 가려고 기도와 식도를 절개할 것이다. 그러지 않고 신체 기능을 최대한 살리며 목적 부위에 도착하려면 그 경로에서 만나는 모든 구조물에 대해 잘 숙지해야 한다. 이를 위해서 해부학 공부와 실습이 필수임을 설명했다.

해부학 실습 중인 본과 1학년 학생들에게 처음으로 이 강의를 했을 때(그들 중 상당수는 후에 정형외과 전문의가 되었다), 강의실 학생 전원의 뜨거운 시선이 나에게 집중되었던 기억이 난다.

무조건 공부하라고 다그치기보다는 위의 경우처럼, 지금 힘들게 하는 공부가 실제로 사람을 어떻게 살리고 고치는 데 쓰이는지 보여주는 것이 더욱 효과적이라고 생각한다.

•

금문교를 바라보며 사색에 잠긴 갈매기. 나는 해부학 교실의 요청으로
하지 관련 강의를 시작할 때 사람 몸의 다리와 사람이 건너는
다리의 공통점을 물었다. 그것은 바로 '연결과 이동'이다.

의학 영어
도전기

의예과나 본과 진입생을 대상으로 한 〈의학 영어 입문〉 강의는
순전히 독자적으로 개발한 강의이다. 어느 해 미국에서 열린 학
회에 참석하고 돌아오는 비행기에서 불현듯 구상이 떠올랐다.
우리가 사용하는 수많은 의학 용어(바꿔 말하면 의학 영어)를 어원
에 따라 정리하면 공부하기가 훨씬 쉽겠다는 생각이 들었다.

   돌아오자마자 어원별로 정리한 다음, 골학(본과 진입에 앞서서
해부학의 기초인 인체의 뼈에 대해 미리 공부하는 프로그램) 시간에 강의
를 자청했다. 처음에 학생들은 조금 어리둥절해했다. 초대도
안 한 정형외과 교수가 와서 무슨 영어를 강의할 테니 1시간을
내놓으라고 한단 말인가.

그렇게 2~3년 강의한 뒤, 이젠 자청해서 나설 의욕이 사라질 무렵, 학생 대표로부터 전화가 왔다.

"저희 이번에도 골학 진행할 건데, 혹시 교수님이 영어 강의를 해주실 수 있는지 문의드립니다."

그래서 내가 이렇게 되물었다.

"골학 스케줄 짜기도 바쁠 텐데 내 강의까지? 도움이 되겠나?"

"작년에 들었던 학생들이 매우 좋다고 했습니다. 그래서 이번에도 부탁드리는 것입니다."

그 후 꽤 오래도록 본과 진입생들에게 〈의학 영어 입문〉을 강의했다. 예를 들면, 다음과 같다.

'osteotomy(절골술)'라는 단어의 경우, 따로 외우기보다는 어원별로 나눠서 'osteo(뼈)'와 'tomy(자른다)'로 기억한다. 그러면 다음에 어원이 같은 의학 용어가 나왔을 때 활용할 수 있다. 'arthrotomy(관절 절개)', 'osteosynthesis(골합성)' 등.

요즘 가장 유행하는 단어 중 하나인 'implant(임플란트)' 역시 'im'과 'plant'로 나뉜다. im은 in의 뜻인데 따라오는 단어가 순음(m, p 등)인 경우 n이 순음 m으로 바뀐 것이다. plant는 말 그대로 심는다는 뜻. 즉, 몸 안에 심는다는 뜻이 된다.

더불어 한글로 외래어를 쓸 때 팜므 파탈(femme fatale)처럼 표기법 체계상 구별이 안 되는 발음들, 즉 p와 f, b와 v, s와 z, r과 l의 구별, 한국인에게는 어려운 'th' 발음(though와 through) 등, 외국인과 소통하기 위해서는 이 발음들을 구분할 줄 알아야 한다고 얘기해 준다.

나는 강원도 시골에서 태어나 영어 관련 사교육은 한 번도 받아본 적이 없고, 만 35세 되기 전까지는 외국 구경도 못 해보았다. 그러나 차츰 국제 학회에 나갈 기회가 생기면서 논문 발표 경력을 쌓게 되었고, 좀 더 젊어서부터 영어로 소통하는 훈련을 받으면 좋겠다고 생각했다. 그런 취지에서 그간의 영어소통 경험을 바탕으로 나만의 강의록을 작성하게 된 것이다.

지도전문의(전공의를 교육하는 전문의) 시절 초기만 해도 국제 학회에 전공의가 참석하는 일은 매우 드물었다. 그러나 나는 해마다 3년 차 이상 된 전공의와 함께 국제 학회에 참석하는 기회를 만들었다.

처음에는 학회 참관을 통해 시야를 넓히는 데 주력했지만, 얼마 뒤부터는 영어로 직접 논문을 발표하도록 했다. 물론 초기에는 다들 부담스러워했다. 어떤 전공의(지금은 교수가 된)는 숙소 화장실을 점거한 채 영어 구연 연습에 몰두하여 다른 사람들에게 피해를 줄 정도였다.

나 역시 처음 영어 논문을 발표한 뒤로도 한동안 영어 발표만 앞두면 긴장감에 휩싸였으니 그들의 심정이 충분히 이해되었다. 그렇지만 한 번 영어 발표를 하고 나면 비슷한 상황에 처했을 때 훨씬 더 자신감이 생기게 마련이다. 명문대 출신 교수들 중에도 수련 시절에 이러한 경험을 하지 못했기에 교수가 된 뒤 영어 발표를 기피하는 이들이 많다. 나의 제자들이 국제 학회에서 자신 있게 영어로 발표하는 모습을 보면 무척 뿌듯하다.

미국정형외과학회에서 구연 발표하려면 논문 수준도 높아야
하고(나는 딱 한 번 구연), 영어도 통해야 한다. 제자들의 국제적인 활약을
바라는 마음에서 <의학 영어 입문> 강의를 개발했다.

기다려,
준비해

요즘은 정형외과 의사가 나오는 드라마도 간혹 있지만, 얼마 전까지만 해도 의학 드라마의 주인공은 흉부외과 특히 심장외과 의사인 경우가 많았다.

〈하얀 거탑〉 등 TV 의학 드라마를 보고 심장외과 의사가 되고 싶은 의대생이 있다고 가정해 보자. 그 학생에게 의예과 2년은 시간 낭비로 보일지 모른다. 심지어 본과에 올라가서도 심장외과와 무관한 수업을 들으면 시간이 무척 아까울 것이다. '나는 심장외과 의사가 되려고 의대에 왔는데, 다리뼈 골절 강의는 왜 들어야 하나'라고 생각할지도 모른다.

그렇다고 해서 지금부터 심장에 대한 것만 공부하고 기초의학이나 소화기내과학 등 다른 임상의학은 공부를 안 한다면?
결론은… 심장외과 의사가 될 수 없다!

심장외과 전문의가 되려면 그전에 흉부외과 전문의가 되어
야 하고, 그러려면 인턴과 레지던트 선발 시험에 합격해야 한
다. 이를 위해 일단 의사면허를 취득해야 하고, 그보다 앞서 의
대에서 필요 학점을 이수한 뒤 의사국가고시를 통과해야 한다.
그러기 위해서는 의대 전체 교육 과정에서 단 한 과목도 낙제
하지 않고 진급하는 것이 필수이다. 나중에 심장외과 전문의가
된 뒤에는 의대생 때 공부한 다른 과목들을 크게 쓸 일이 없을
지 모르지만.

나는 강의 시간에 준비 단계를 상징하는 한 장의 사진을 보여
주곤 했다. 조금 불량해 보이는 세 명의 의예과생들. 나중에 무
엇이 되려는지 심히 걱정스럽다. 30여 년의 세월이 흐른 뒤, 제
일 왼쪽 학생은 서울대 의대 내과 교수가 되어 제1회 아산의학
상을 수상했고, 오른쪽 마스크 쓴 학생은 전북대 의대의 가장
멋있는 신경외과 교수가 되었다. 가운데 있는 학생은 보다시피
이렇게 살아가고 있다.

옛말에 "장풍을 배우려면 마당부터 쓸어야 한다"라는 말이
있다. 절실한 목표가 있으면 기다려야 한다, 때가 오기를. 기다

1978년 말 전주 덕진호 앞에 서 있는 불량 의예과생들(가운데가 나).
이들은 모두 의대 교수가 되었고, 특히 두 친구는 지금도 맹활약 중이다.
의예과생들에게 필요한 덕목은 준비하며 기다리는 일.

리지 못하는 자는 제풀에 지쳐 중도 포기하게 된다. 기다린다고 해서 시간을 낭비하면 안 된다. 자신의 목표를 향한 여정을 끊임없이 준비하고 계속 전진해야 한다.

그 대표적인 예가 바로 《이솝우화》의 '토끼와 거북이'에 나오는 거북이다. 조급해하지 않고 꾸준히 목표를 향해 걸어가면 결국 목적지에 도달하게 된다. 그래서 의사가 되기 위해 멀고도 험한 길을 가야 하는 학생, 전공의들에게 가장 중요한 말은 "기다려"와 "준비해"인 것이다.

그렇게 준비하는 학생들을 위해 정형외과 외에 조금 특별한 강의를 맡기도 했다. 〈의사와 환자〉, 〈외과 환자의 심리〉, 〈의료와 문화〉 등, 의대 커리큘럼에는 들어 있지만 마땅히 적임자를 찾기 어려운 강의였다. 이는 아마도 나의 문과 성향 때문에 가능했으리라.

내가 개발한 강의 중 하나인 〈정형외과의 고정관념〉은 정형외과 전공의를 대상으로 한 강의였다. 수련 과정에서 배운 지식과 경험, 즉 고정관념에만 매달리지 말고 환자를 위하여 더 나은 길을 찾도록 끊임없이 노력하자는 취지로 개설되었다. 이 강의는 내가 경험한 외상 및 척추 증례들을 중심으로 이루어졌으며 다른 병원들에서도 관심을 보였다. 특히 정형외과 지도전문의들의 호평을 받아, 다수의 대학병원에 초빙되어 강의를 진행하기도 했다.

사제 농구,
소통의 장

충북대 의대의 교수-학생 농구대회는 2018년 1학기 기준, 어느덧 44회를 넘겼다. 내가 충북대에 부임한 1996년 2학기에 처음 시작하여 22년 동안 학기마다 열려서, 초창기 학생 선수들이 이제는 교수 선수가 되어 뛰고 있다. 그리고 나는 44회까지 단 한 번도 거르지 않고 선발 선수로 출전했다. 만 나이 37세에 시작, 59세에 이르도록 꾸준히 농구 코트에서 뛸 수 있었던 것은 하늘이 주신 더 없는 복이라고 생각한다.

이렇듯 나와 학생들이 열심히 이 행사를 이어온 원동력은 첫 대회 때의 뜨거운 반응 때문이었다.

1996년 가을 첫 대회 후 뒤풀이 자리에서 졸업반 학생 L이 한 말이 지금도 잊히지 않는다.

"제가 의대 졸업하기 전에 이런 날이 오리라고는 상상도 못했습니다."

교수와 학생이 공을 주고받으며 같이 땀 흘리는 것은 물론, 한 테이블에 마주 앉아서 잔을 맞대는 모습이 무척 뜻밖이었다는 것이다.

그 당시 학생들에게 교수'님'은 구름 위에 있는, 범접할 수 없는 존재였다. 교수들 또한 학생들과 눈높이를 맞춰 친하게 지내는 것을 탐탁지 않게 여기던 분위기였다. "나는 강의실 밖에서는 절대 학생을 만나지 않아"라고 말하는 후배 교수도 본 적 있다. 교수는 교단 위 높은 곳에서 학생을 내려다보며 가르치는 존재여야 하는 걸까? 나는 그렇지 않다고 믿었기에 학생들과 함께 호흡하는 기회를 많이 가지려고 노력했다.

처음에는 이런 행사에 대해 안 좋은 시선도 있었다. 교수로서의 품위를 손상시킨다는 둥, 학생에게 인기를 얻으려고 저런다는 둥. 그렇지만 지금은 충북대 의대의 사제 관계가 크게 변하여 사랑과 정이 넘치는 모습을 볼 수 있다.

충북대 의대 '사제 농구'의 첫 번째 의미는 사제 간, 선후배 간, 동료 간 대화와 소통의 장이라는 데 있다. 그리고 두 번째 의미는 전통의 계승이라는 점이다.

농구대회가 끝나고 이어진 뒤풀이 자리에서 학생들은 친구들에게 밝히지 못한 어려움을 내 앞에서 털어놓기도 했다. 서울에서 고생하며 물심양면으로 지원해 주시는 부모님의 기대에 못 미쳐 너무 죄송하고 자신에게는 미래가 없어 보인다며 눈물을 흘리던 남학생(지금은 어엿한 전문의가 된), 또 실연당해서 너무 힘들다기에 내 경험을 들려주었더니 얼굴이 환하게 펴진 남학생 등.

의대생들은 늘 성적에 대한 스트레스를 받는다. 심지어 자신에 대한 믿음을 잃고 목숨을 버리는 경우까지 있다. 그래서 나는 "공부해야 돼"라는 얘기보다는 "절대로 너의 지금 성적에 좌절하거나 절망하지 마라. 내 지도학생 중에는 졸업 및 국시 합격까지 여러 해 걸렸지만 결국 어엿한 의사가 된 경우도 있다. 그리고 시험 성적이 좋다고 좋은 의사가 되는 것도 아니다"라고 말해 주곤 했다.

위에서 굽어보는 의사보다 옆에 나란히 걸터앉은 의사가 환자에게 더 따스한 것처럼, 학생들과 같은 높이에서 시선을 공유하는 교수의 모습이 학생들에게 더 의지가 되리라 믿는다.

사제 농구대회는 사실 이목을 끌 만한 사건이 아닌데 매스컴을 여러 번 탔다. 대회 자체가 대단하진 않더라도 이처럼 한 행사를 꾸준히 이어오는 것은 분명 쉬운 일이 아니다. 너무나 쉽게 변하는 우리의 세태에서 이러한 전통이 인정받는 분위기가 되길 바란다.

전공의를 중심으로 대전-충청 지역 정형외과 농구대회를 시작한 지 10년 가까이 되었을 때 서울권의 대학병원 간 정형외과 농구대회가 시작되었다. 나는 서울대 팀의 최고령 교수 선수로 참가하여 코트에서는 물론, 뒤풀이 장소에서도 나이와 직급을 떠나 젊은 후배들과 함께 어울렸다.

2019년 7월 대회 때는 환갑이 지난 뒤이므로 3점의 경로우대 점수가 적용될 것이다. 설령 득점을 못 하더라도 코트를 누비는 나의 모습은 후배들에게 "나는 저 영감보다 더 나이 들어서까지 해야지"라는 자극제가 되지 않을까.

충북대 의대 사제 농구대회의 교수(가운데 6번이 나) 팀과 학생 팀.
22년 동안 빠짐없이 선수로 출전할 수 있었음에 감사한다.
하루하루 힘겹게 학업에 매진하던 학생들에게 위로와 소통의 기회였기를.

음식 안 남기기
운동

약 15년 전부터 회식 자리에서 '음식 안 남기기 운동'을 해왔는데, 그 계기가 된 것은 바로 사제 농구대회 뒤풀이 자리였다. 20대의 젊은이들이 농구장에서 몇 시간 동안 땀을 흘리고 와서 모인 자리이니 얼마나 배고프고 술이 당겼겠는가. 문제는 회식 자리를 파할 때 보면 테이블마다 아예 굽지도 않은 고기, 반쯤 구워진 고기, 다 구워졌지만 안 먹고 남긴 고기 등 엄청난 양의 고기가 버려진다는 것이다. 그뿐 아니라 공깃밥이나 후식 냉면 등 식사도 많이 남아 있었고, 술병들 안에도 많은 양의 술이 남아 있었다.

회식 비용은 학생들의 회비(아마도 부모님이 보내준 생활비)와 졸업 선배들로부터 갹출한 기부금, 참가 교수들의 금일봉 등으로 해결된다. 학생들 스스로 번 돈이 아니어서인지 아끼려는 마음이 보이지 않았다. 마구 시켜서 남기는 습관을 고쳤으면 하는 바람으로 '음식 안 남기기 운동'을 시작한 것이다.

처음에는 "남기면 벌금 내기"를 제안했더니, 평소 습관대로 잔뜩 시켜놓고는 배가 부른데도 억지로 먹는 모습이 보였다. 그래서 그다음부터는 음식, 음료 주문 시 옆 테이블을 살피게 했다.

예를 들면, 남학생만 넷이 앉은 테이블은 순식간에 고기가 동이 나서 곧바로 추가 주문에 들어가지만, 그 옆의 여학생 테이블에는 고기가 많이 남아 있었기 때문이다. 술도 마찬가지. 옆 테이블에는 조금만 마신 술병들이 잔뜩 남아 있음에도 자기 눈앞의 소주병만 비면 바로 추가 주문하는 습관에 젖어 있었다.

그래서 두 번째 제안은 "주문 전 옆 테이블부터 살피기"가 되었다. 주변 테이블에 남은 것이 있으면 먼저 가져다 먹고, 그것까지 모두 떨어지면 그때 주문을 하자고 했다.

세 번째 원칙은 "식사 주문 시 파트너 만들기"로 정했다. 고기가 남아 있을 정도이니 이미 배는 충분히 부른데도, 습관적으로 식사를 일인당 하나씩 주문했기 때문이다. 결과는 안 봐도 뻔하다. 그러므로 고기 회식 후 식사를 주문할 때는 두세 명이 한 조가 되어, 조별로 냉면이나 된장찌개를 시켜서 나누어 먹도록 했다.

금세 변화가 보이진 않았지만, 2~3년이 지나자 회식 마칠 때의 테이블 상태가 훨씬 알뜰해졌다. 결과적으로 회계 담당 학생이 "교수님 덕에 지출이 많이 줄었습니다"라는 말을 할 만큼. 음식점을 나오면서 주인에게 "저 때문에 매출이 줄어들어 죄송합니다"라고 인사를 했더니, "아니에요, 남은 음식 처리하는 게 얼마나 힘들고 돈 드는 일인데요. 저희도 좋습니다"라는 답이 돌아왔다. 음식 안 남기기는 조금 귀찮을 수도 있지만 적은 노력으로 모두가 행복해지는 길이라고 확신한다.

또 한 가지 문제는 술을 너무 무절제하게 마시는 분위기였다. 술을 많이 마셔본 선배가 아직 경험이 적은 후배들에게 자꾸 술잔 비우기를 강요하고, 분위기에 따라 술이 술을 부르는 경우도 있었다. 어느 날 많은 학생들이 화장실을 들락날락하는 모습을 본 뒤 제일 고학년 학생을 불러서 엄포를 놓았다.

"앞으로 회식 자리에서 술 먹고 토하는 학생이 눈에 띄면 이 모임에 절대 안 나올 거야."

나를 싫어했다면 일부러라도 더 마셨을지 모르는데 다행히 그렇진 않았나 보다.

술이라는 것은 사람들 사이 혹은 대화를 좀 더 부드럽게 하는 윤활유일 뿐, 그 자체가 회식의 목표는 아니다. 그러므로 천천히, 기분 좋을 만큼만 마셔야 한다. 지나치게 마시고 다 토해버리면 자기 몸도 힘들지만 남들에게도 큰 민폐이다. 게다가 먹은 음식과 돈도 아깝지 않은가.

얼마 뒤부터는 학생들이나 전공의들로부터 "교수님이 안 계신 자리에서도 요즘은 음식을 남기지 않습니다. 또한 과음하는 사람이 생기지 않도록 선배들이 잘 조절하고 있습니다"라는 말을 들었다.

무슨 의대 교수가 그런 것까지 참견하느냐고 하겠지만, 선생으로서 제자들을 바람직한 방향으로 인도하는 것은 옳은 일이라고 믿는다.

•

에티오피아에 갔을 때 쏟아진 폭우. 자연은 이렇듯 풍요와 자정의 균형을
이루지만, 인간은 자연이 준 풍요를 누리다 못해 낭비하고
결국 쓰레기를 남긴다. 음식 안 남기기 운동이 꼭 필요한 이유.

PPT

주례사

PPT 주례사. 지금은 인터넷 검색에서 '김용민 주례사'를 치면 기사가 나올 만큼 나름 알려졌다. 사실 이 PPT 주례사는 2006년 한 제자의 결혼식에서 시작되었다. 나는 충북대 재직 시절, 강의 시간에 학생들도 집중시키고 강의 내용도 쉽게 전달할 겸 해서 흥미로운 슬라이드를 많이 이용했다. 그래서 학생들에게는 슬라이드 강의가 재미있는 교수로 알려졌던 모양이다.

내가 결혼식 주례를 선다는 것을 알게 된 신랑의 동급생이 "교수님, 평소 슬라이드 강의가 재미있었으니 슬라이드 주례를 해보시지요"라는 제의를 해왔다. 그것도 괜찮겠다 싶어 예식장 측과 협의하에 슬라이드 주례를 시작했다. 처음에는 축복과 당부 내용을 몇 개의 슬라이드로 만들어 전달하는 정도였다. 애니메이션 〈슈렉〉의 장면들, 또는 사랑은 삶의 에너지임을 빗대어 설명하는 아프리카 사바나 위의 태양 사진 등. 이후로 점점 진화하여, 최근에는 신랑 신부의 일대기 및 만남을 사진과 함께 소개하고 있다.

이와 같은 PPT 주례사에는 많은 장점이 있다.

첫째, 하객들의 주의를 한곳으로 모을 수 있다. 예식장 결혼식에 가보면, 대부분 주례사만 시작되면 하객석은 각자 대화를 나누느라 산만해지기 일쑤이다. 뻔한 주례사 들어서 뭐하나, 빨리 끝내고 사진을 찍든가 밥 먹으러 가든가 하는 식이다.

그런데 PPT 주례사의 첫 슬라이드(대개 신랑 부모님의 예전 결혼식 사진)가 화면에 등장하는 순간, 모든 하객들은 화면에 집중하게 된다. 신랑의 어린 시절 모습, 그가 졸업한 학교들 소개 시간에는 동창생 하객들의 관심이 집중되고, 이어지는 신부 소개 시간에는 신랑 측 하객들의 관심이 높아진다. 대개 결혼식 하객은 한쪽은 잘 알지만 그 배우자는 모르고 오는 경우가 많다. 이렇게 일대기를 담은 사진과 함께 신랑 신부를 소개(물론 좋은 내용들로)해 주면 양측 하객들 모두에게 얼마나 좋은가.

둘째, PPT 주례사는 결혼식이란 행사의 주인공이 누구인지를 알려준다. 많은 하객들이 사실 신랑이나 신부의 부모를 보고 결혼식에 오게 되어 정작 신랑 신부에게는 관심이 없을 수도 있다. 그런데 결혼식의 주인공이 신랑 신부임을 명확히 밝히는 기회가 되는 것이다.

두 사람의 소개에 이어 만남부터 결혼까지 이어지는 과정을 가급적 재미있게 스토리로 구성해 주는 것도 중요한 요소이다. 하객들에게도 흥미롭지만, 신랑 신부 본인과 양가 부모님, 가족들도 지난 세월을 사진과 함께 다시 한 번 회고하면서 그 결혼식의 의미를 더욱 새롭게 느낄 것이다.

결혼식 주례를 마치고 나서 많은 분들로부터 이런 얘기를 듣곤 했다.

"제가 장관이 하는 주례, 국회의원이 하는 주례도 많이 봤는데, 이런 주례는 처음이었습니다. 정말 감동적이었습니다."

그 이유는 간단하다. 결혼식의 주인공이 누구인지를 생각하면 된다. 주례의 임무는 주례 자신의 인생철학이나 경력, 한쪽 부모와의 관계 등을 낯선 하객들 앞에서 장황하게 늘어놓는 것이 아니라, 신랑 신부를 그날의 주인공으로 세워서 소개해 주고 축복해 주는 것이다.

다만 PPT 주례사를 위해서는 사전 만남과 인터뷰가 전제되어야 하고, 어린 시절 사진부터 준비해야 하다 보니 상당한 시간이 소요된다. 간혹 모습이 많이 변했는지, 주인공의 반대로 무산된 경우도 있다. 그럴 것 같은 분위기가 느껴지면 주례를 부탁했던 신랑을 먼저 불러서 "내 생각은 전혀 하지 말고 신부가 원하는 대로 진행하길 바란다"라고 미리 말해 준다. 결혼식의 주인공은 신랑 신부이지 양가 부모나 주례가 아니므로.

이렇듯 준비가 어렵고 많은 노력이 필요하지만, 결혼식 후 양가 부모님들이 만족해하는 모습을 보면서 충분히 보상을 얻는다. 그래서 그런지 내가 주례를 섰던 커플들은 아무도 헤어지지 않고 행복하게 살아가고 있으니 참으로 감사할 일이다.

주례를 설 때마다 희생과 사랑으로 우리 7남매를 잘 키워내신
부모님 생각이 난다. 내가 주례 서는 커플들도 모두 우리 부모님처럼
화목하게 오래오래 살기를 바란다. 뒷줄 맨 왼쪽이 나.

3장

누군가에게 도움이 될 수 있다면

파랑새 할머니의
눈물

이제까지 의사 생활을 해오면서 나로 인해 눈물 흘리는 환자들을 가끔 보았다. 나의 부족함 때문인가 싶을 때는 마음이 몹시 무거웠고, 반대로 감사의 눈물일 때는 덩달아 뭉클해지곤 했다.

무안 운남에서의 공중보건의 시절, 그 동네에는 '파랑새 할머니'란 별명의 진씨 할머니가 살고 있었다. 수확이 끝난 들판에서 이삭을 줍고 다닌다 하여 붙여진 별명이다. 이 할머니는 무슨 이유에선지는 모르나 평생 혼자 살아왔다는데, 남에게 한 번도 피해를 준 적이 없을 것 같은 분이었다.

파랑새 할머니는 의료보호 환자로 처음 보건지소에 나타난 이후, 2주에 한 번씩 위장관 계통의 약을 타러 왔다. 방문 때마다 구수한 남도 사투리로 이런저런 이야기를 들려주는 할머니 덕분에 보건지소의 분위기가 밝아지곤 했다. 하루 이틀만 늦어져도 할머니가 왜 안 보이나 싶을 정도였다.

그러던 어느 가을날, 파랑새 할머니는 진료 날짜에서 1주일이 지나도록 모습을 보이지 않았다. 궁금하기도 하고 걱정스럽기도 하여, 차트에 있는 주소를 보고 할머니의 집을 찾아갔다.

밭 한복판에 낡은 초가집이 서 있고 좁다란 마당에는 중닭에 가까운 병아리 두 마리가 서성이고 있었다.

"진씨 할머니!"

여러 번 불러도 인기척이 없어서 조용히 방문을 열어보았다. 전기도 들어오지 않는 방 안은 어둡기만 했다.

"할머니 그동안 왜 안 오셨어요?"

이렇게 말하며 들어서는데 할머니의 낮은 신음 소리가 들려왔다.

"배창시가… 겁나게 아파서… 꼼짝을 못 하겠어라우."

배를 진찰해 보니 아랫배에 압통은 물론 반동 압통(손을 눌렀다 뗄 때 배 전체로 울리는 통증)이 심했다. 순간적으로 복막염이라는 진단에 이어 수술이 시급하다고 판단했다.

"할머니, 복막염인 것 같아요. 수술하셔야 돼요."

복막염! 현대 의학이 발전하기 전 많은 사람의 생명을 앗아간 병이다. 흔히 맹장염이라고 부르는 충수돌기염을 서둘러 수술해야 하는 이유도 복막염으로 진행될 수 있기 때문이다. 그러나 할머니는 돈도 가족도 없는 처지였기에 나의 말만으로 치료가 시작될 수는 없었다.

마을 이장을 만나 할머니의 상태를 알리고 우선 병원으로 빨리 모셔야 한다고 말했다. 그러나 이장은 돈 문제가 걸리는지 난색을 표했다. 도시 병원으로 옮기려면 당장 택시비부터 문제였다.

분위기상 척척 진행되기 어려워 보였다. 지금 할머니를 위해 가장 필요한 일은 '빠른 이송'이었다. 급한 대로 수중에 있는 돈을 털어서 택시비를 마련, 인근 도시(목포시)의 종합병원 응급실로 소견서와 함께 이송했다. 다행히 이웃 주민이 동행해 주어서 병원의 일 처리도 잘 해결되었고 할머니는 복막염 응급수술 끝에 생명을 구할 수 있었다.

파랑새 할머니는 얼마 후 건강한 모습으로 퇴원했다. 그리고 예전처럼 약을 타러 보건지소를 규칙적으로 방문하기 시작했다. 그런데 어느 날 할머니 손에 정체불명의 커다란 보따리가 들려 있었다. 자신의 목숨을 살려준 것에 비하면 아무것도 아니라며 놓고 간 짐 속에는 삶은 중닭 두 마리가 들어 있었다. 처음 할머니의 집에 갔을 때 본 유일한 재산, 병아리 두 마리가 떠올랐다. 그것은 신약성경에 나오는 '과부의 은전 한 닢'과도 같은 존재였다.

평화로운 몇 달이 흐른 뒤, 이번에는 할머니에게 장출혈이 생겨서 종합병원의 진료를 받게 되었다. 그 결과 대장암이 의심되므로 수술을 받아야 한다는 것이었다. 전처럼 응급 상황은 아니었지만 입원과 수술을 위해서는 서약서에 날인할 보호자가 필요했다.

나는 막연히 '먼 친척이 나타나든 동네 사람들이 도와주든 하겠지'라고 생각했다. 하지만 아무도 나서질 않아서 할머니가 수술을 못 받고 있다는 소식을 들었다. 할머니에게 가장 필요한 도움은 보호자 역할임을 깨닫고, 수술 전날 목포 병원을 방문하여 서약서에 도장을 찍었다.

할머니는 수술을 잘 마치고 퇴원, 다시 한 번 마을로 돌아올 수 있었다. 결국 나는 두 번 다 의사보다는 '이웃'의 역할을 해준 셈이지만, 할머니는 나를 생명의 은인으로 여겼다.

공중보건의 마지막 1년을 앞두고 갑자기 소록도로 이동 발령이 났다. 어느 날 이런저런 정리를 하고 있는데, 파랑새 할머니가 후닥닥 보건지소 안으로 뛰어들어 왔다. 나의 이동 소식을 어디서 들은 모양이었다. 할머니는 눈에 눈물이 가득 고인 채 뭐라 뭐라 외쳤다. 얼핏 알아들은 말은 "나는 어떡하라고"였다. 무슨 얘기를 할 틈도 없이 할머니는 울면서 뛰쳐나갔고, 그것이 내가 기억하는 파랑새 할머니의 마지막 모습이다.

공중보건의 첫 임지는 무안군 운남면. 내 인사를 받던 면장님이
한숨을 내쉬었다. 보건지소 건물이 없었던 것. 보건지소장 겸
유일한 직원이었던 나는 결국 예비군 중대 옆, 쌀 창고에서 진료를 시작했다.

환자에게 ○○한
의사가 되자

의대 과정의 강의 대부분은 의사가 되기 위한 각 분야의 지식과 술기를 배우는 것이다. 어찌 보면 먹고 살기 위한 기술을 배우는 셈이다. 그렇지만 그에 못지않게 의사란 어떤 존재인지, 왜 나는 의사가 되려 하고, 어떤 의사가 되고 싶은지에 대해서도 반드시 심도 있는 인성 교육이 필요하다고 생각한다.

요즘 우리 사회 모습을 보면 누가 누구를 위해 존재하는지 헷갈릴 때가 많다. 물질적 이해를 최고 가치로 두는 우리나라의 자본주의 탓인지…. 음식점 중에는 주인이나 종업원의 지시와 명령에 따라 손님이 주문해야 하는 곳도 있다. 예를 들어, 세 명이 가서 적은 양의 음식을 시켜 먹을 수도 있으련만, 셋이므로 무조건 '대(大)자'를 시키라고 강요한다. 그들의 관심은 사람(손님)이 아니라 돈(수익)이다.

　이러한 현상은 의료계에서도 드물지 않게 벌어진다. 환자는 의사가 지시한 각종 검사나 치료에 두말없이 따라야 한다. 물론 환자의 상태에 따른 결정이겠지만(그러리라 믿고 싶지만) 환자보다는 의사를 위한 것일 때도 있다. 꼭 그 검사나 치료를 받아야 하는지 물어볼라치면 의사는 권위 손상 내지 모욕이라도 당한 것 같은 반응을 보이기 일쑤이다.

　의사라는 직업은 왜 생겼을까? 의사라는 직업의 존재 이유는 무엇일까? 이러한 관점에서 본다면 "의사는 환자에게 어떤 존재여야 할까?"에 대한 답을 찾는 것은 그리 어려운 일이 아니다.

　나는 대학에서 〈근골격계 통합 강의〉의 마지막, 퀴즈 시간에 먼저 영어 질문이 담긴 슬라이드를 보여주며 각자의 답을 써보라고 했다.

　그다음 슬라이드에는 내가 아이티에서 환자의 상처를 봉합하는 모습과 다른 각도에서 찍은 환자의 모습이 나온다. 두 장의 사진 속에는 각각 의사의 시각과 환자의 입장이 담겨 있다. 내가 치료에 몰두할 동안 이 환자는 아버지를 부둥켜안고 1시간 이상 고통을 견뎌야 했다.

질문 : "Let's be (?) to Our Patients."

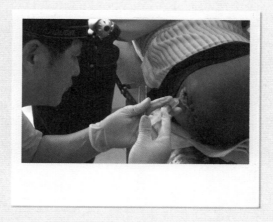

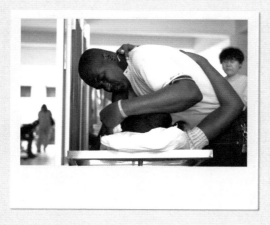

의사는 환자에게 어떤 존재여야 할지 예비 의사로서 고민해 보라는 뜻이다. "환자에게 ○○한 의사가 되자"는 문장의 빈칸 안에는 여러 가지 단어가 들어갈 수 있다. 학생들이 쓴 답을 보면 'kind', 'good' 등 대체로 의미가 좋은 영어 단어들이 많았다. 내가 바라던 답은? 'helpful'이었다.

"Let's be **Helpful** to Our Patients."
"환자에게 '도움 되는' 의사가 되자."

그렇다면 환자에게 도움이 되는 의사의 모습은 현실에서 어떤 모습일까. 나는 아이러니하게도 의사가 아닌 '자원봉사자' 자격으로 다시금 소록도를 찾았을 때 그 의미에 대해 깊이 생각해 보게 되었다.

의사에서
'자봉'으로

소록도는 내 인생에서 가장 중요한 계기였다고 해도 과언이 아니다. 그곳에서의 생활을 통해 남에게 보탬이 되는 인간, 환자에게 도움을 줄 수 있는 의사가 되자고 다짐했기 때문이다.

이렇듯 나에게 큰 의미가 있는 곳이기에 제자들에게도 소중한 경험을 얻게 해주고 싶었다. 그래서 충북대 부임 첫해 겨울 방학에 세 명의 학생들을 데리고 소록도를 찾았다. 그때는 그저 견학 수준에 그쳤고, 이후 대규모의 학생들이 참여하기도 했으나 숙식 문제 등으로 더 이상 이어지지 못했다.

그러다가 지금의 자원봉사자 센터가 설립된 뒤 2008년부터 다시금 소록도에 학생들을 데려갔다. 처음 2년 동안은 인솔 교수로서 학생들과 똑같이 특정 병동에 배치되어 자원봉사단의 일원으로 활동했다. 늙고 굼뜬 '자봉(자원봉사자를 줄여 부르는 말)'이었던 셈이다.

의대 졸업 직후 소록도에서 일반의로 일하던 때와 비교하면, 전문의에 박사 학위까지 취득한 의대 교수가 되었으니 전문 과목을 진료해야 맞는다고 생각할 수도 있다. 그러나 학생 자원봉사단을 이끌고 간 나의 역할은 더 이상 의사가 아니었다. 자원봉사자로 간 이상 의사 행세는 하지 않아야 된다고 생각했다. 그곳에도 기존 의사들이 있고 나름대로 진료 스타일이 있기 때문이다.

어느 해인가 나보다 몇 년 후배인 다른 과 교수가 자원봉사단에 합류했는데, 자원봉사자 역할이 자신에게는 맞지 않는다고 여겼는지 환자들의 차트를 뒤적이며 처방에 간섭하기 시작했다. 그러자 내 얼굴을 아는 소록도의 고참 간호사들이 나에게 불만을 표시해서 곤혹스러웠던 적이 있다.

"로마에서는 로마법을 따르라"는 말처럼, 자신이 아무리 특정 분야 전문의라 하더라도 소록도에 자원봉사자로 간 이상 그저 환우들 밥 잘 먹여주고 기저귀 잘 치워주는 '자봉' 역할에 충실하면 된다. 사실 그것도 말처럼 쉽지 않다. 자기 전문 분야밖에 모르는 전문의 입장에서는 오히려 가장 어려운 일인지도 모른다. 동전의 양면 중 한쪽에 전문가라고 씌어 있다면 반대쪽에는 문외한이라고 씌어 있음을 잊지 말자.

지금은 내가 직접 관여하지 않아도 충북대 의대 의학과, 간호학과 연합 봉사단이 매년 소록도를 찾아가고 있다. 나의 역할은 그저 엔진에 불을 붙여주는 점화 플러그였을 뿐. 일단 점화된 엔진은 알아서 잘 돌아간다.

예전에 소록도에 갔을 때, 학생들이 봉사하는 모습을 사진으로 몇 장 찍어두었다. 그중 마음에 드는 사진이 있어서 모 사진전에 출품했는데 운 좋게 입선을 했다. 사진 속에서 자원봉사자 의대생은 할아버지가 물을 잘 마실 수 있도록 무릎을 꿇고 있다. 그리고 햇빛이 이불자락 위에 살짝 얹혀 있다.

그 사진은 "지금 이 환우에게 가장 필요한 사람은 누구인가?"라는 질문을 던진다. 유엔 사무총장? 보건복지부 장관? 고난도 수술 전문 박사? 세계적 논문으로 유명한 의대 교수? 눈이 안 보이고 손을 못 쓰는 한센병 할아버지에게 가장 필요한 존재는 '당장 해결해야 할 일'을 바로 곁에서 도와주는 사람이다. 목이 마를 때, 배가 고플 때, 대소변 봐야 할 때, 등이 가려울 때… 그때마다 해결해 주는 손길인 것이다.

　앞으로 평생을 환자 진료에 임할 예비 의사들에게 이러한 경험은 자신이 어떤 의사가 될 것인지, 어떻게 살아갈 것인지를 결정하는 데에 많은 도움이 되리라 믿는다. 권위나 명성이 아니라, 환자에게 지금 필요한 도움을 즉시 줄 수 있는 존재. 그것이 바로 환자가 의사를 찾아오는 이유, 의사가 환자 앞에 존재하는 이유이다.

소록도의 한센병 환우에게 지금 가장 필요한 사람은 누구일까?
세계적 석학이나 권위자가 아니라 목마르고 배고플 때 바로 곁에서
도와주는 사람이다. 그렇다면 환자에게 도움이 되는 의사는?

함께 걷는
국토대장정

D제약 주최 '대학생 국토대장정'은 매년 7월에 21일간 진행되는데, 여러 병원으로부터 의료지원을 받는다. 의료진은 주로 응급의학과로 구성되며, 한 팀당 2박 3일씩 담당한다. 나는 의료지원단 중 유일하게 정형외과 전문의이자 최고령 행군 대원이었다.

2014년, 지원단 구성을 맡은 충북대 응급의학과로부터 정형외과 환자가 가장 많으니 정형외과 의료진이 같이 가주면 좋겠다는 제의가 들어왔다. 먼저 정형외과 전체 구성원에게 지원 의사를 물었지만 '내 일하기도 바쁜데 남의 일에 굳이 왜 가?'라며 아무도 나서지 않는 분위기. 결국 또 한 번 '땜장이 화타'

가 도전에 나설 순간이 온 것이다.

그렇게 국토대장정에 함께한 인연이 네 차례나 이어졌다. 그 이유는 힘든 행군 길에 참가자들이 개인 의지와 전우애로 온갖 고통을 이겨내는 모습을 보면서 나 역시 큰 감동과 기쁨, 보람을 얻었기 때문이다.

국토대장정은 고난의 길이다. 여름 태양이 작열하는 아스팔트 위를 어떤 때는 반나절에 20킬로미터씩 걷기도 한다. 발바닥에 물집이 생기고 다리의 근육과 관절이 아픈 것은 당연하다.

의료지원단 입장에서는 '밤 진료 시 대원들 발을 치료해 주는 것이 내 임무이므로 낮 행군 때는 잘 쉬어야 해'라고 생각할 수 있다. 특히 자원이 아니라 강제로 등 떠밀려온 경우라면 더욱 그렇다. 그러다 보니 일부 의료진은 행군 내내 앰뷸런스를 타고 가기도 했다. 행군 중 어떤 구간은 길이 좁아 차가 못 들어가는데, 만약 그 구간에서 환자가 발생한다면 앰뷸런스에 탄 의료진은 무용지물인 셈이다.

국토대장정에 의료지원단이 필요한 이유는 대원과 요원들의 부상이나 질병 등에 대처하기 위함이다. 단장 포함 50여 명의 스태프들은 기간 내내 밤낮으로 대원들 옆을 지키고 있다. 지원 나온 의료진이라면 조금이라도 더 대원들에게 가까이 가고자 노력해야 하지 않을까.

나는 4년간 한 번도 앰뷸런스를 타지 않고 대원들 뒤를 따라 걸었으며, 행군단의 숙영 장소 옆 텐트에서 잠을 잤다. 21일간 570킬로미터 이상을 걷는 대원들에 비해 의료지원단은 2박 3일간 평균 50킬로미터 정도를 걷는다. 그 시간만이라도 대원들과 '함께' 땀 흘리며 걷는 것이야말로 의사로서 줄 수 있는 가장 큰 위안이요 힘이라고 생각한다. 나처럼 아버지뻘 되는 의사가 후미를 지켜준다면 더욱 안심도 되고 용기가 북돋워질 테니까.

후미에서 오랜 시간 따라 걷다 보면 대원들과 종종 대화를 나누게 된다. 그 가운데 S 대원은 자신이 운동선수로 지내온 과정과 앞으로의 희망, 그에 대한 준비 등에 대해 들려주었다. 나는 얘기를 경청하면서 틈틈이 "잘했네", "훌륭하군" 등 지원성 반응을 아끼지 않았다. 특히 감명 깊었던 부분은 국토대장정에 나가는 딸을 위해 아버지가 두 달 내내 함께 훈련해 주었다는 대목이다. S 대원의 아버지는 퇴근 후 7시부터 2시간씩 딸과 함께 산길을 걸었단다.

나 같으면 어땠을까. 실제로 저녁 모임이 많기도 하지만 일단 귀찮아서라도, 딸과 같이 걷기는커녕 "국토대장정 간다면서 훈련 안 하고 뭐해?" 내지 "그렇게 준비 안 했다가 낙오하면 어쩌려구?" 정도의 야단이나 쳤을 텐데. S 대원의 아버지는 매일 딸과 함께 행군 훈련을 해주었다니 얼마나 멋진가.

일정상 먼저 돌아온 나는 S 대원에게 온라인으로 이런 응원 메시지를 보냈다.

"완주식에서 아버지를 만나면 무조건 꼬옥 안아드리세요. 그리고 아버지 덕에 완주할 수 있었노라고 말씀드리세요."

고난을 이겨내고 완주한 장한 딸과 아버지의 말없는 포옹, 두 사람의 상봉 장면만 떠올려도 뭉클해졌다. 그 딸이 전하는 감사 인사야말로 아버지에게 최고의 선물이요 보상이 아닐까.

국토대장정 의료 텐트에 오는 환자들은 대부분 무릎 이하 특히 발에 문제가 있었다. 발가락은 물론, 발바닥 곳곳에 물집이 잡히거나 터지고 일부는 아물다가 또 터지고… 말이 아니었다. 아예 발톱이 빠져버린 대원도 많았다. 한쪽 발에서만 발톱이 세 개씩 빠진 여학생도 보았다.

게다가 비를 맞아 신발이 젖거나, 흙탕물에 발이 잠기거나, 땀이 차다 보니 세균 감염도 흔했다. 한 남학생은 엄지발톱이 안으로 파고들면서 주변에 염증이 발생하여 극심한 통증에 시달리고 있었다. 그동안 의료지원단으로부터 항생제는 처방받

앉지만 이미 고름집이 잡힌 상태이다 보니 나아지지 않았다. 나는 의료지원단의 유일한 정형외과 전문의로서 국소마취 후 발톱 수술을 감행했다. 수술 도구가 변변치 못해 쉽지는 않았지만, 염증 조직과 발톱의 일부를 잘라낸 뒤 상태가 많이 호전되어 걷기 편해졌다고 한다. 땜장이 화타로서 임무를 완수한 셈이다.

국토대장정에 지원 나온 의료진이라면 힘들더라도 대원들
후미를 따라 걷는 것이 바람직하다. 그래야 환자 발생 시 바로 대처할 수 있고,
덤으로 그들의 인내와 동지애도 가까이에서 직접 느낄 수 있다.

누군가에게
도움이 될 수 있다면

봉사의 사전적 의미는 "국가나 사회 또는 남을 위하여 자신을 돌보지 아니하고 힘을 바쳐 애쓰는 것"이다. 의사야말로 봉사하기에 가장 좋은 직업이라고 생각한다. 의사라는 직업 자체가 남을 돕기 위해 생겨났기 때문이다. 특히 외과의사는 험한 상황에 자주 노출되므로 봉사자다운 모습이 더 쉽게 드러나기도 한다.

의사 생활 중 신체적으로나 정신적으로 가장 힘들었던 정형외과 1년 차 레지던트 시절이었다. 콜을 받고 응급실에 가보니 50대 여성 당뇨 환자의 한쪽 다리가 통증과 함께 부어올라 있었다. 열도 상당히 높았다. 당뇨로 인한 족부 궤양을 통해 '혐기

성 균(anaerobe)'에 감염되어 괴사가 진행 중이었다. 환자의 다리 엑스레이 사진을 보니 정상에서는 볼 수 없는 공기 음영이 다리 전체에 가득 차서 무릎 위로 올라가려는 상태였다. 응급으로 절개-배농을 실시했는데 그때의 악취는 지금까지 잊히지 않을 만큼 심했다.

환자는 당뇨 조절을 위해 내과에 입원했고, 정형외과에서는 매일 소독 액으로 상처를 세척해 주었다. 이 드레싱 작업은 실로 만만치 않은 인내와 노력을 필요로 했다. 환자의 괴사 조직 사이로 소독 액이 골고루 퍼지도록 여러 번 세척하는 동시에 죽은 조직도 제거해 주었다.

한 번 상처를 치료할 때마다 지독한 악취가 나서, 나만 나타나면 같은 병실의 환자와 보호자들이 모두 피신할 정도였다. 나 역시 그 냄새가 좋을 리 없었지만 다행히 냄새의 특징은 처음엔 엄청 힘들다가도 얼마 뒤 익숙해진다는 것이다. 거의 1시간씩 병실에서 그 환자와 독대하곤 했다. 환자는 매우 과묵한 편으로 참을성이 강했다. 상처를 치료할 때에도 고통이나 불편함에 대해 별 다른 표현이 없었다.

사실 레지던트 1년 차로서 환자 20여 명의 주치의를 맡고 있는 데다, 수술장 근무 및 응급실 1차 진료 등으로 시간이 부족한 처지에 타과 소속 환자까지 매일 드레싱 한다는 것은 매우 버거운 짐일 수도 있었다. 더욱이 우리 팀의 상급 전공의들은 그 환자의 상처에 관심이 없었기에 내가 굳이 하지 않아도 되는 일이었다.

그렇지만 바쁘다는 핑계로 내과 인턴에게 드레싱을 맡겼다면 두툼한 업무 리스트에 성가신 일로 추가되어, 신속히 마치는 요식행위로 전락했을 가능성이 높다. 암이나 각종 희귀병 환자로 가득 차 있는 내과 병동에서, 조절 안 된 당뇨병으로 인한 괴사 환자는 관심을 받지 못하는 상황이었다. 나 자신도 결과는 예측할 수 없었다. 하지만 여러 정황으로 미루어보건대 그 환자의 다리를 돌볼 사람은 나뿐이라는 사명감에, 그 치료는 나만의 자발적인 일이 되었다.

배농술 후 5주가 흐른 뒤 환자의 감염은 기적적으로 치유되어 절단을 면하게 되었다. 만일 내가 더 이상 해봐야 소용없다고 중간에 포기했다면 환자는 다리를, 어쩌면 생명까지 잃었을지도 모른다. 마지막 드레싱을 마치고 나서 환자에게 인사하며 말했다.

"오늘로 끝이에요. 이제 저 안 보셔도 돼요."

그러자 평소 표정과 말투 변화가 전혀 없던 환자가 돌연 병실이 떠나가도록 큰소리로 울기 시작하는 게 아닌가. 그 울음소리를 뒤로하고 병실을 나서는 내 마음도 뭉클했다.

의사라면 당연히 환자를 위해 최선을 다해야 하지만, 현실에서는 그렇지 않은 경우도 많다. 모든 의사가 매 순간 봉사하는 삶을 살기는 어렵다. 다른 나라의 진료 모습을 보며 의사로서 봉사한다는 의미에 대해 돌아볼 수 있었다.

태국의 한 병원에 연수 갔을 때 인상적인 장면을 목격했다. 외래 진료실에서 처음 만난 의사와 환자 및 보호자가 서로 동등하게 불교식 합장인사를 나누는 모습이었다. 의사로서 봉사의 시작은 이처럼 환자를 자신과 동등한 인격체로 놓고 보는 데에서 비롯된다. 환자를 자신과 전혀 관련 없는 존재라거나 심지어 열등한 존재로 인식한다면, 또는 금전적 수익의 수단으로만 인식한다면 봉사의 여지가 없다. 기술 거래를 통해 환자는 신체적 문제를 개선하고, 의사는 수고에 따른 보수를 얻을 수 있을지는 몰라도.

2013년 척추외과 분야 방문 프로그램으로 말레이시아에 간 적이 있다. 말레이시아의 척추 의사 윙은 교통이 나빠서 제때 진료를 받지 못하는 척추 환자들을 위해 2주에 한 번씩 비행기로 순회 진료를 다녔다. 나도 그의 진료 투어에 따라나섰다.

그는 동 말레이시아의 가장 큰 도시인 쿠칭에서 일하고 있는데, 두 번째로 큰 도시인 시부와 자신의 고향인 미리에 비행기를 타고 가서 환자들을 진료했다. 대도시까지 나올 수 없는 환자들에게는 여간 고마운 일이 아닐 것이다.

간혹 봉사는 무조건 무료이거나 무보수여야 한다고 생각하는 이들이 있는데, 내 생각은 다르다. 의사 웡의 경우처럼 자신의 일을 성심껏 함으로써 주위에 도움이 된다면, 적절한 보수를 받는 것이 타당하다고 본다. 봉사의 척도는 돈을 받고 안 받고가 아니라 상대방에게 '도움이 되었는지 아닌지'라고 생각한다.

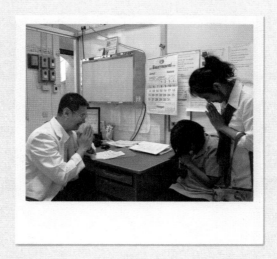

태국 병원에서는 진료 시작 전에 서로 합장인사를 나눈다.
불교 국가여서이긴 하겠지만, 의사와 환자 및 보호자가 동등하게
인사하는 모습이 참 보기 좋았다.

좋은 의사는
성적순이 아니다

실습생에게 실습할 기회를

교수로서도 많은 봉사의 기회가 있다. 그중 하나가 학생들의
눈높이에서 이해하기 쉽게 강의를 해주는 것이다. 언뜻 들으면
너무 당연한 얘기 같지만, 그렇지 않은 교수가 얼마나 많은가.

강의실뿐 아니라 실습실에서도 학생들을 위한 배려가 필요
하다. 수술장에는 의학과, 간호학과 등 많은 실습생들이 나온
다. 수술장 실습에서 가장 중요한 부분은 무엇일까? 바로 수술
팀의 일원으로 직접 수술에 참여하는 것이다. 그런데 현실은
이와 다른 경우가 많다. 내가 의대생이었을 때 어떤 과는 수술
장에 견학하러 들어온 실습생을 내쫓기도 했고, 그나마 좀 나

은 곳은 "학생은 벽에 붙어 있어!"였다. 실습 의대생을 감염원 내지 귀찮은 혹처럼 여기는 분위기였다. 수술에 참여하는 것은 의사 인력이 부족한 외부 병원 파견 실습 때만 가능했는데, 그곳에서의 수술 참여 경험이 큰 도움이 되었다.

나는 수술실에 들어가기 전 의학과든 간호학과든 실습생이 있는지 살펴보고 자원하는 학생 한두 명과 같이 손을 닦고 들어간다. 이때도 그냥 "닦고 들어와"라고 말로만 시키는 것보다는, 조금 귀찮더라도 내가 직접 손 닦는 시범을 보여주며 "나하는 대로 따라 하라"고 해야 제대로 된 스크럽(수술장 손 소독 과정) 경험이 된다. 가능하면 수술 중 한두 가지 간단한 작업도 해볼 수 있는 기회를 준다.

수술을 마친 뒤에는 수술복 차림의 사진을 찍어서 실습생에게 보내준다. 그 부모님도 한없이 어린 줄 알았던 자식이 예비 의사, 예비 간호사가 되어 수술 가운을 입고 수술장에서 일하는 모습을 보면 얼마나 기뻐하실지 생각하며. 물론 학생 당사자에게 가장 뿌듯하고 기쁜 일이었으리라.

간호학과는 물론 의학과 학생들도 수술실 스크럽 경험이 있는지 물어보면 의외로 경험자가 많지 않다. 집도의인 교수 입장에서는 굳이 하지 않아도 되는 일, 조금은 성가신 일일지도 모르지만 교수의 배려, 작은 수고가 미래의 의료인들에게는 매우 큰 경험이며, 동기부여가 될 수 있다.

학생들과의 대화 방법

요즘에는 교수와 학생은 단지 강의실에서만 만나며, 지식의 전수 외에는 특별히 깊은 관계를 형성하지 않아도 된다는 말을 자주 듣는다. 예전의 의사 양성 방식인 도제제도에서는 선생(master)과 제자(apprentice)가 생활 자체를 같이하며 지식 및 기술 외에 인간적인 다른 요소들, 즉 인생관이나 철학까지도 전수받았다.

20여 년의 교수 생활을 하면서 가급적 많은 학생들과 대화를 나누려고 나름 노력했다. 충북대 교수 시절에는 집 근처 모 꼼장어집에서 근 10년간 정형외과 실습 조의 모든 학생들과 대화의 자리를 가지기도 했다. 그곳을 다녀간 많은 학생들로부터 의대 시절 중 가장 즐거운 추억으로 남아 있다는 얘기를 들었다. 학생들이 즐거워했던 이유는 음식의 맛도 맛이지만, 바로 '자기소개' 시간 때문이다. 참석자들이 모두 동등한 자격으로 자기소개를 하고, 소개 후에는 질문을 주고받았다.

이처럼 자기소개를 겸한 대화는 타교생들과의 자리에서도

이어졌다. 서울대 의예과를 포함하여 외부 출장 강의 후, 자원하는 학생들과 저녁 식사 겸 대화의 자리를 가졌다. 학생들은 자기소개를 하고 나면 좀 더 편하게 이야기를 나누곤 했다. 나는 되도록 학생들의 말을 많이 들으려고 애썼다. 자기소개는 남들 앞에서 자신을 설명하는 훈련의 기회이기도 하지만, 가장 중요한 목적은 학생들 스스로가 주인공이라는 점을 인식시키는 것이다.

이런 자리를 경험한 학생들이 나중에 선생이 되면, 학생들을 위해 편한 대화의 자리를 많이 만들 것이라 기대해 본다.

선생으로서의 존재 이유

'선생'으로서의 교수 역할은 나무 위 둥지에서 새끼들을 돌보는 부모 새와 비슷해 보인다. 둥지를 지키는 부모 새에게 성공은 무엇일까? 새끼가 부모보다 못한 존재로 둥지 안에 남아 있는 것일까? 새끼가 부모보다 더 잘할지 못할지는 부모의 몫이 아니다. 그들은 새끼가 독립 비행을 할 수 있을 때까지만 책임지고 최선을 다할 뿐. 그다음부터는 새끼가 알아서 개척해 나갈 일이다.

선생의 존재 이유, 선생으로서의 보람도 이와 마찬가지이다.

제대로 된 선생이라면 제자들이 자신보다 못한 존재로 남길 바라지 않는다. 선생의 몫은 제자들이 세상 밖으로 나갈 수 있도록, 즉 독립된 존재로서 앞날을 헤쳐나갈 수 있도록 도와주는 것이다. 그다음부터의 삶은 제자들 스스로 개척해 나가야 한다.

요즘은 어떤지 모르겠지만 예전엔 의대별 의사국시 합격률을 높이기 위해 성적이 불안한 학생들을 일부러 유급시킨 경우도 있다고 들었다. 돌이 거칠다고 내던질 것이 아니라 이를 가져다가 옥석을 만들어내는 게 선생의 임무가 아닐까. 성적, 실적 중심 관점에서는 썩 우수하지 못한 의대생이라도 나중에 마음 따스한 의사가 되어 환자 진료에 최선을 다하는 모습을 많이 보았다. 반대로 성적은 우수하지만 마음 따스한 의사라고는 결코 말할 수 없는 이들도 있다.

행복은 성적순이 아니듯, 좋은 의사가 되는 것도 성적순은 아니다. 물론 성적이 낮을수록 좋은 의사가 된다는 말은 아니지만. 낮은 등수, 심지어 여러 번의 도전 끝에 의사가 된 사람도 어엿한 대한민국의 의사이고, 성적 1등인 이와 동등하게 환자를 돌볼 자격을 부여받는다. 졸업식 후 교문을 나서는 순간부터 평등한 자격이 생긴다.

그러므로 선생으로서 의대 교수가 할 일은 제자들이 실패감을 가득 안고 학교를 중도에 떠나게 하는 것이 아니라, 절망을 이겨내고 마침내 졸업장과 의사면허증을 손에 든 채 교문을 나서게 도와주는 것이다. 단적으로 말하면, 선생의 존재 이유는 제자들이 독립하여 자신의 길을 갈 수 있도록 교문 밖, 세상 밖으로 '잘 내보내는 데'에 있다.

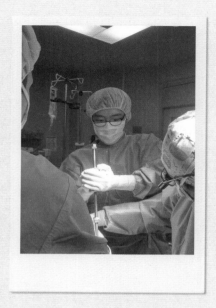

나는 가급적 실습생들에게 진정한 실습 기회를 주고자 했다.
그래서 같이 손 닦고 수술 팀에 참여하도록 한 것. 나에겐 작은 수고이지만,
학생들에게는 평생의 큰 경험이 되었기를 바란다. 노란 모자가 나.

평창동계올림픽
현장에서

스키점프 의료책임자로서 치른 평창올림픽

2018 평창동계올림픽 개최를 2년 앞두고 어느 학회에서 처음으로 올림픽 의료진을 모집한다는 얘기를 들었다. 주변 의사들은 별로 관심이 없어 보였으나, 나는 땜장이 근성이 발동하여 "부족하나마 도움이 된다면 지원하겠다"는 의사를 표시했다. 그 결과 스키점프 종목군을 담당하는 경기구역 의료책임자(VMO, Venue Medical Officer)란 중책을 맡게 되었다. 여러 차례의 준비 모임은 물론 올림픽 1년 전 시범 경기에 2차례 참가해야 하는 등, 개인적으로 시간과 노력이 많이 드는 일이었다.

2017년에는 내가 책임 맡은 종목의 시범 경기로 인해 평창에 두 번 다녀온 것도 모자라, 강릉까지 가서 땜장이 역할을 했다. 오기로 했던 의사가 갑자기 못 오게 되어 발을 동동 구르는 피겨스케이팅 연습장 담당의사(FOP, Field of Play) 자리에 자원했기 때문이다. 그 덕에 화려한 조명과 관중으로 가득한 피겨스케이팅 경기장 아래층에는 선수들의 땀과 눈물로 점철된 연습장이 있음을 알게 되었다. 남자 싱글 금메달리스트인 유즈루 하뉴 등 세계적인 스타들의 멋진 기량과 인간적인 모습을 코앞에서 볼 수 있었음은 또 다른 보상이었다.

마침내 2018년 2월, 평창동계올림픽이 개막되었다. 경기 기간은 2주였지만, 선수들의 훈련은 그보다 1주일 먼저 시작되므로 의료진은 3주간 평창을 지켜야 했다.

가장 큰 어려움은 뭐니 뭐니 해도 추위였다. 평창올림픽은 역대 동계올림픽 중 가장 추웠다는 평을 들었는데, 심지어 유럽 시청자들을 위해 본 경기가 밤에 열렸다.

사실 어느 누구보다 선수들이 제일 힘들었으리라. 공기 저항을 줄이기 위해 옷을 얇게 입은 데다, 칼바람 추위로 인한 와류 때문에 수도 없이 스키점프 출발대에 앉았다 돌아오기를 반복해야 했다. 선수들의 고생은 짐작조차 할 수 없다.

온갖 어려움 속에서도 우리나라는 동계올림픽을 성공적으로 치러냈으며, 나는 그 현장을 지킨 의사라는 긍지를 얻었다. 그렇지만 평창올림픽의 가장 큰 의미와 성과는, 갈등 구조 속에 전쟁 위기설마저 나돌던 한반도가 평화와 안정의 분위기로 탈바꿈하는 결정적 계기가 되었다는 것이다. 자국의 국기를 두른 수많은 외국인들과 온갖 방송 카메라를 보면서, 우리에게 세계의 관심이 집중되어 있다는 현장감도 생생하게 느꼈다.

감동으로 지켜본 평창패럴림픽 현장

올림픽 VMO를 이미 3주간 맡았으므로 군이 패럴림픽까지 참가할 의무는 없었다. 그런데 올림픽 준비 모임 때 알게 된 패럴림픽 바이애슬론 VMO인 K 선생에게 의료진을 다 구했는지 물어보니 구하는 게 어렵다고 했다. "그럼 나라도 가줄까요?" 했더니 "와주시면 고맙지요"라고 해서 가게 되었다. 수십 명의 인력을 지휘하던 올림픽 VMO에서 말단 경기장 담당의사가 된 것이다.

어쨌든 패럴림픽에 참가하여 일한 덕에 또 많은 것을 배우고 얻었다. 올림픽만 다녀왔으면 얻지 못했을 교훈들이다.

패럴림픽 선수는 너 나 할 것 없이 자신의 뜻과 무관하게 닥쳐온 장애로 인하여(대부분은 불의의 사고로 장애인이 됨) 절망을 겪은 뒤 지난한 극복 과정을 통해 긍정적·적극적으로 바뀌며 마침내 대표선수가 된, 휴먼 스토리의 주인공들이다.

어떤 중국 선수는 양쪽 팔이 어깨에서 절단된 상태라 오로지 두 다리의 힘만으로 스키를 지치며 상당히 가파른 언덕을 올라갔다. 인간의 정신력의 한계가 어디까지인지 놀라웠다. 시력장애 종목에서는 소리만으로 스키의 방향과 속도를 조절하며 가이드를 따라가던 장애인 선수도, 앞에서 이를 충실하게 인도하던 비장애인 가이드도 모두 존경스러웠다.

패럴림픽이란 말의 어원은 '하지마비(Paraplegia)'와 '올림픽(Olympic)'의 합성어인데, 이후 종목과 장애 유형이 늘어나면서 올림픽과 '동반(Parallel)' 개최되는 대회라는 의미로 확대되었다고 한다. 위에서 살펴본 시력장애 종목은 장애인과 비장애인이 '나란히 함께 가는' 패럴림픽 정신을 잘 보여준다.

여자 입식 종목 메달 수여식 장면도 감동적이었다. IPC(국제패럴림픽위원회) 남자 임원이 휠체어를 타고 메달 시상자로 단상에 올라왔는데, 그는 하지뿐 아니라 양손까지 마비된 장애인이었다. 선수들이 그 임원을 돕기 위해 허리를 구부리거나 아예 무릎을 꿇는 모습, 임원의 손이 마비되어 메달을 목에 걸어주

지 못하자 선수 역시 불편한(마비 혹은 절단) 팔로 직접 거는 모습
에서는 나도 모르게 눈시울이 뜨거워졌다.

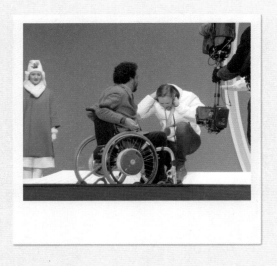

자신만의 고난 극복 드라마를 갖고 있는 패럴림픽 선수들,
그래서 서로를 잘 이해하는지도 모른다. 사지마비인 메달 시상자를 위해
선수가 무릎 꿇고 직접 메달을 거는 장면을 보며 가슴이 뭉클했다.

4장

국경 없는 도전

국경 없는 도전의 서막,
아이티

나는 인생의 마지막 3단계에 접어들었다고 말했는데, 힌두교에
서는 인생을 4단계로 나눈다고 한다. 1, 2단계는 앞서 얘기한
개념과 대체로 일치한다. 나의 3단계는 힌두교의 마지막 '유랑
기'에 해당되며, 그 단계로 넘어가기 전에 '임서기(林棲期)'라는
준비 단계를 둔다.

임서기는 집을 떠나 유랑에 들기 전 '숲에서 사는 기간'이란
뜻으로, 속세의 일들을 정리하는 준비기이다. 나의 지난 10년,
즉 2단계 마무리와 3단계 시작이 겹치는 시기가 임서기에 해당
한다. 그 임서기 중에 나는 운명적인 사건과 맞닥뜨렸다.

2010년 1월 12일 오후(현지 시간), 지구 반대편에서 커다란 비

극이 일어났다. 카리브 해의 빈민국인 아이티에서 대지진이 발생한 것이다. 그것도 하필 가난한 이들이 밀집된 수도 포르토프랭 부근에서 일어났다.

진도 7.0 규모의 지진. 만약 일본처럼 내진 건축이 잘되어 있었다면 그렇게까지 엄청난 피해는 없었을 텐데, 가난한 나라의 허약한 건물들은 일시에 무너졌다. 22만 명의 사망자 등 50만 명이 넘는 사상자가 발생했고, 지진 발생 후 오래도록 건물 아래 사람들이 깔려 있었다. 들은 바로는, 가장 먼저 투입된 미국 의사들이 한 일은 무너진 건물에 끼인 사람들의 팔이나 다리를 절단하여 구출하는 것이었다고 한다. 건물은 들어 올릴 수 없었으므로.

아이티에는 일시에 수많은 외상 환자가 발생했고, 정형외과 진료가 가장 필요했다. 연일 아이티의 비보를 전하는 매스컴을 통해 우리나라에서도 많은 구호 팀이 현지로 떠나고 있다는 뉴스를 보았다. '나도 뭔가 도울 일이 있지 않을까' 하는 마음으로 대한의사협회 홈페이지를 들여다보았다.

당시에 대학에서 부학장을 맡고 있었던 데다, 새 학기 개학을 앞두고 신경 쓸 일이 많다 보니 뒤늦게 홈페이지에 접속했을 때는 아이티 자원봉사자 모집 마감 직전이었다. 부랴부랴 지원서를 내긴 했지만, 나 같은 개인 지원자보다는 대학병원 단위로 편성된다는 이야기를 들었다. 게다가 며칠 뒤 홈페이지에는 아이티 지진 구호단 2진의 편성이 완료되었다는 공지까지 올라왔다. '그래, 내가 갈 곳은 아닌가 봐'라고 마음을 접은 뒤 학교 일에 전념했다.

며칠 뒤 금요일은 큰딸의 고교 졸업식 날이었다. 졸업식을 마치고 교정을 걸어나오는데 전화 한 통이 걸려왔다. 다음 주 화요일 아침에 아이티 지진 구호단 2진이 출발하는데 함께 가줄 수 있겠느냐는, 아니 꼭 가주면 좋겠다는 전화였다. 나는 너무 촉박하기도 하고 이미 마음을 정리했던 터라 "글쎄요. 갑자기 갈 수 있겠어요? 학교 일도 많고…. 어쨌든 의논은 해볼게요"라고 끊은 뒤 아내에게 말했다.

"아니, 장난도 아니고, 화요일 아침 출발 얘기를 금요일 오후에 전화하다니… 그냥 무시하는 게 낫겠지?"

그런데 아내의 반응이 뜻밖이었다.

"갈 수 있으면 가는 게 좋을 것 같아요."

이유인즉 아이티같이 어려운 나라에 지진이 발생하여 많은 사람이 큰 피해를 입어서 참으로 안타까웠는데, 자신은 갈 수 없지만 남편이라도 가서 도움을 주고 오면 좋겠다는 것이다.

나는 "학교에서 안 보내줄 것 같은데…"라고 중얼거리며 의대 학장님에게 전화를 걸어 아이티 지진 구호단으로 다녀와도 되겠느냐고 문의했다. 학장님은 나와 학교 행사를 동시에 걱정하는 듯했지만 결국은 "그럼 다녀오도록 하세요"라고 답을 주었다.

나중에 알고 보니 아이티로 가게 된 것 역시 하늘의 뜻에 의한 '땜장이 역할'이었다. 구호단 2진 의료진을 구성하기로 한 모 대학병원 내에서 다른 직종은 모두 모집되었지만, 정형외과 전문의만 못 구해서 뒤늦게 개인 지원자를 수소문했던 것이다.

화요일 새벽 첫 공항버스를 타면서 학회 등으로 외국에 나갈 때와는 달리 사뭇 비장한 느낌이 들었다. 어디 있는지도 모르는 지구 반대편, 여진과 치안, 위생 문제 등 위험 요소가 도사리는 곳에 2주나 다녀와야 한다니. 과연 내가 안전하게 돌아올 수 있을지 의구심이 들었다. 그러나 또 한편으로는 소록도 이후 오래도록 꿈꿔온 순간이라는 생각이 들어 기쁘기도 했다. 손길이 절실히 필요한 누군가에게 정형외과 의사로서 도움이 될 기회가 온 것이다!

남을 도우러 가는 봉사의 길이지만 15시간이 넘는 긴 비행에 지치다 보면 자기 자신을 추스르기조차 어렵다. 그러나 매 순간 내 도움을 필요로 하는 사람이 있는지 찾아서 도와주는 일은 보람 있다.

재난 구호단답게 의약품, 부식 등 엄청나게 많은 짐을 가지고 갔는데, 미국 아틀란타 공항에서 마이애미 행 국내선으로 옮겨 싣기 위해서는 80여 개의 박스를 카트로 날라야 했다. 일행은 모두 지쳐 쓰러져 있고, 젊은 의협 사무국 직원 혼자 박스를 옮기는 모습이 눈에 띄었다. 나는 곧장 달려가서 카트 준비, 박스 싣기 등을 도왔다. 그러자 얼마 뒤 젊은 의사들도 합세했고, 이후로도 몇 번 더 짐을 싣고 내리는 과정이 있었으나 모두가 힘을 합쳐서 해결했다.

봉사는 낯설고 먼 곳을 가야만 가능한 게 아니다. 지금 이 순간 이웃에게 생각과 말과 행위로 도움을 주는 것, 그를 통해 내 마음도 기쁘고 행복한 일임을 다시금 깨달았다.

•

2011년 발생한 일본 동북대지진은 진도 9였지만 건물 붕괴는 없이
쓰나미 희생이 컸다. 반면 아이티 지진은 진도 7임에도
수많은 건물들이 붕괴되고 그 아래 수십만 명이 깔리는 참사를 빚었다.

EBS 〈극한직업〉에
등장

아이티에 함께 간 일행 중에는 특별한 두 사람이 있었다. EBS 방송의 PD들이었다. 막연히 아이티 지진 구호단의 활동을 특집으로 취재하는 줄 알았는데 나중에 보니 〈극한직업〉이라는 프로그램 때문이었다. 사실 긴급 재난 구호단이 우리의 '직업' 은 아니지만, 극한 상황에 처한 것은 맞는 말이다. 진료의 성격이나 내용, 여건뿐 아니라 우리의 먹고 자고 씻는 일상생활 역시 매우 열악했다.

원래 〈극한직업〉은 1, 2부 합쳐서 약 50분 정도의 분량인데 그중 내가 나온 장면만 추리면 8분 남짓 된다. 이것을 각종 강의에서 보여주곤 한다. 배경음악, 성우의 내레이션과 함께 이

동영상이 시작되면 청중들 모두 집중하는 걸 보니, 역시 방송의 위력은 대단한 것 같다. 그리고 동영상을 보고 나서 "많이 감동받았다", "의료인 봉사의 좋은 예를 보아서 기쁘다", "나도 언젠가 기회 되면 그런 일을 하고 싶다"고들 말한다. 그런 소감을 들으면 나도 기쁘고 행복하다.

TV 프로그램에 등장한 사람은 몇 명 안 되지만, 사실 우리 동료 대원들 모두 열성적·헌신적으로 환자 진료에 임했다. 우리 팀은 팀워크도 좋아서, 아이티에 다녀온 뒤 3년 이상 후속 만남을 이어왔다. 그러면서 다들 "또 갔으면 좋겠다"고 말한다. 그 말은 무엇을 의미할까? 전기와 수도도 없는 열악한 숙소, 깜깜한 간이 화장실, 모기가 득실대는 텐트, 열대의 더위와 먼지 등에도 불구하고 또 가고 싶다는 말은 그만큼 보람 있었다는 뜻이리라.

8박 9일간의 아이티 진료 활동은 내 인생에서 가장 값진 경험이었다. 그렇다면 의사로서 가장 기쁜 순간은 언제일까? 아무나 할 수 없는 어려운 수술을 마쳤을 때? 그 누구보다 많은 수의 환자를 진료했을 때? 내 기준에서는 환자들이 나를 정말 필요로 한다고 느낄 때, 또는 내 손으로 치료한 환자가 안도와 행복을 느끼는 모습을 볼 때이다. 바로 '의사로서 환자에게 도움이 될 때'인 것이다.

아이티에서 많은 환자를 진료했지만, 특별히 두 사람을 통해 그러한 경험을 했다.

먼저, 20세의 여학생 레베카는 무너진 학교 건물 아래 3일이나 깔려 있다가 극적으로 구조되었다. 넓적다리의 큰 상처 등 여기저기 벌어진 상처가 있었지만 3주가 넘도록 제대로 된 치료를 받지 못했다(지진 발생 직후 아이티 의사들은 이웃 나라로 피신했다는 이야기도 들었다). 절망 상태로 지내던 중 한국 의료진이 온다는 소문을 들은 레베카의 부모님은 지푸라기라도 잡는 심정으로 그녀를 데리고 1시간이나 떨어진 평화대학병원으로 왔다.

그런데 도착한 시간은 이미 오후, 그날의 진료가 마무리될 무렵이었다. 이렇게 큰 상처의 수술을 시작할지 돌려보낼지 결정해야 했는데, 일행들은 빨리 가서 쉬고 싶은 눈치가 역력했다. 이때 NGO 활동 경력이 많은 Y 간호사가 단호하게 말했다.

"다른 데 갈 수 있었으면 지금까지 저렇게 놔뒀겠어요? 우리가 해요."

사실 나도 마음속에 아쉬움이 남아 있었기에, 우리가 치료하자고 결정했다. 주 창상인 오른쪽 넓적다리 수술에만 거의 1시간이 걸렸고, 그 외에도 작은 상처 두세 군데까지 모두 수술을 마치고 나니 1시간 반이 지났다. 녹아내리던 피하지방의 염증 조직은 제거되었고, 상처는 말끔하게 봉합되었다. 수술을 마친 뒤 항생제 주사를 맞고 있는 레베카와 엄마의 얼굴에는 처음 병원에 들어와 상처를 보여주던 때의 어두움과 절망 대신 환한 웃음과 희망이 넘쳤다. 의사로서 가장 기쁜 순간이었다.

나는 약속했던 대로 레베카에게 아끼던 부채(제자의 주례를 서 주고 받은 예술품이자, 열대 세상에서 유일하게 더위를 식혀주었던)를 이별의 선물로 전해주었다. 레베카가 환하게 웃으며 부채질하는 모습이 〈극한직업〉의 마지막 장면이었다.

다음으로, 의사로서의 보람과 의미를 되새겨준 또 다른 환자는 일명 '고름맨'이다. 첫날 만났던 많은 환자 중 한 명이었던 그는 지진에 의한 상처는 없었다. 그런데 병색과 근심이 가득 찬 얼굴로 목발을 짚고 들어온 그의 넓적다리를 본 순간 나는 입이 벌어졌다. 대퇴부 전체가 터질 듯이 퉁퉁 부어 있었기 때문이다.

다행히 예전에 무의촌에서 많이 본 적 있는 농양으로 추정되어 일단 주사기로 내용물을 확인하고, 고름임이 판명된 뒤 국소마취하 배농술로 엄청난 양의 고름을 빼냈다. 거즈를 수백 장은 썼을 것이다. 그리고 고름 출구가 막히지 않도록 거즈로 배농 심지를 만들어 안에 넣어주었다. 그는 매일 열심히 진료를 받으러 다녔고, 농양 배농 환자들이 그렇듯 빠른 속도로 통증이 개선되고 붓기도 가라앉았다.

진료 8일째 우리 팀의 마지막 진료 날. 그가 무언가 얘기하는 것을 통역이 영어로 번역해 주었다. 처음에는 이제 곧 죽을 것이라는 절망적 상태로 이곳에 왔다, 그날 당신을 만나 배농술을 실시하고 나서 모든 게 너무 좋아졌다, 당신은 내 생명의 은인이다 등등. 나는 치료 결과가 참 좋아서 다행이고, 우리 팀 정형외과 의사가 계속 남아서 잘 치료해 줄 테니 걱정 말라고 답했다.

그러자 그는 갑자기 "한국으로 돌아가지 말고 이곳에 남아 달라"고 말했다. 내가 "한국에는 나의 가족도 있고, 내가 치료해야 할 환자들도 있어서 돌아가야 한다"라고 하자, 그는 이렇게 말했다.

"정 그러면 한국 가서 가족들 만나본 뒤 바로 아이티로 돌아와 달라."

그 말을 듣는 순간 가슴이 뭉클했고, 이후 그의 말은 내 가슴 속 깊이 자리 잡았다.

이처럼 '환자가 나를 진정 필요로 하는구나'를 인식하는 순간 의사로서 보람과 사명감을 느낀다. 무안에서 의사 초년병 시절 난산에 빠진 산모의 분만을 성공적으로 도와주었을 때의 행복 감 이후, 실로 26년 만에 느껴보는 '의사로서의 진정한 감동'이 었다.

그리고 이날의 감동은 8년 뒤에 '국경없는의사회'의 활동가 가 되어 팔레스타인 가자(Gaza)로 떠나는 계기이자 가장 큰 원 동력이 되었다.

•

3주간 방치되었던 거대한 상처를 국소마취로 봉합했다.
마지막 날 나는 레베카에게 부채를 선물로 주었고,
고름맨은 내 인생에 새 비전을 주었다.

감사할 수 있어야
진짜 봉사

아이티에 다녀온 뒤 여기저기 글을 발표해서인지 대학이나 병원 사람들은 나를 마치 '봉사의 달인'처럼 대했다. 사실 EBS방송의 〈극한직업〉에서도 나를 난민 구호 경험이 많은 사람으로 기술했는데, 실제로는 아이티가 처음이었고 그렇게 부지런히 봉사를 하고 다니는 편도 아니었다.

이듬해 봄, 어느 날 총장님으로부터 전화를 받았다.

"김 교수, 이번 여름방학에 충북대학교 연변봉사단 단장으로 다녀와주면 좋겠어요."

당시 총장님은 의대 교수 출신이긴 했지만 이 봉사단은 의대가 아니라 충북대 본부 행사이고 진료에 바쁜 임상 과목 의대 교수가 단장으로 다녀온 전례는 없었다. 처음에는 정중하게 거절했다.

"총장님, 여름방학은 외과 의사에겐 가장 바쁜 기간입니다. 그런데 2주씩이나 비우면 제 환자들 수술은 어떻게 합니까?"

그러자 총장님의 답변.

"긍정적으로 잘 생각해 보세요."

일단 통화 끝, 고민이다.

나는 늘 "누군가를 위해, 남들이 가지 않는 길을 굳이 가는" 선택을 해왔다. 이번에도 그런 기회라면 누군가를 위해, 적어도 총장님을 위해서라도 다녀오는 것이 좋겠다는 생각이 들었고 결국 단장을 맡았다.

사실 개인적으로 중국 동북부 특히 연변조선족 자치주는 가본 적이 없었다. 봉사 덕에 처음 가보게 된 셈이다. 연변 지역은 어렸을 때부터 북간도라는 이름으로 들어온 독립운동의 무대이기도 하고, 지금은 북한과 국경을 마주하고 있는 곳이기도 하므로 가볼 수 있어서 감사했다.

충북대 봉사단원들은 조선족 부락 두 곳에서 어린이 교육, 마을 청소, 일손 돕기 등 많은 활동을 했다. 한국의 남녀 젊은이들은 그곳 젊은이들이 떠나버린 마을에서 활력소 역할을 톡톡히 해냈다. 그리고 장기자랑 등 여러 모습으로 마을 주민들에게 즐거움을 안겨주었다. 짧은 기간이었음에도 헤어질 때 부둥켜안고 눈물 흘리는 그곳 할머니와 우리 여학생을 보면서 핏줄과 언어, 인정이 진하다는 사실을 절감했다.

봉사단 학생들 및 중국 현지 사람들과 함께했던 2주간은 그동안 의사로서 살아온 것과는 전혀 다른 성격의 시간이었다. 개인적으로도 특별한 경험을 많이 얻었다.

먼저, 빈집에서 개와 함께 가족을 기다리며 살아가는 연변 아저씨들이 많이 보였다. 아이들은 공부와 취직을 위해 떠나갔고, 부인은 한국 음식점에 돈 벌러 떠난 상태였다. '가장' 혼자 남은 집이 연변 시골의 가장 일반적인 풍경이었던 것이다.

다음으로, 두만강을 건너 중국 국적의 조선족 남성에게 시집왔던 북한 여성들이 쥐도 새도 모르게 끌려간 탓에 졸지에 엄마를 잃은 아이들도 있었다. 그 아이들의 모습을 보며, 분단의 아픔이 남북한 사이에만 존재하는 것이 아님을 깨달았다.

그런가 하면 연변 지역에서는 중국과 국경을 이룬 북한 땅을 두만강, 압록강 등 너머로 바라볼 수 있었다. 그리고 민족의 영산인 백두산에 올라, 안개구름 걷힌 천지의 위용도 느꼈다. 우리가 백두산 위로 걸어 올라갈 때만 해도 천지는 완전히 구름에 가려져 있었다. 그런데 놀랍게도 분화구 능선에 도착하자 천지가 그 아름답고 웅장한 모습을 보여주었고, 30분도 안 되어 또다시 구름 속으로 사라졌다. 그 광경을 보며 우리는 정말 복 받았다는 마음이 들었다.

2주의 시간이 흘러 집으로 돌아올 때는 출발 당시와 전혀 다르게 행복감과 성취감, 그리고 동료애로 가득 찬 상태였다. 연변봉사단장을 통해 얻은 결론은 봉사란 한쪽에만 일방적으로 전해지는 것이 아니라는 사실이다. 봉사를 하러 간 사람 또한 많은 것을 배우고, 기쁨과 보람, 감사와 행복을 느낄 수 있어야 진정한 봉사인 것이다.

●

1주일간 함께 지낸 연변 량수촌 아이들과의 마지막 인사.
한 남자아이가 울음을 터뜨리자 여학생 봉사단원들도 눈물바다가 되었다.
봉사란 이렇게 서로 마음을 주고받는 것이다.

왜
'국경없는의사회'인가

"나는 정년 퇴임 때까지 대학에 남아 있지 않겠다"라는 말을 자주 해왔다. 정년 퇴임까지 내 역할에 충실하고, 주위에 도움을 줄 수 있으리라는 자신이 없었기 때문이다.

많은 이들이 나의 조기 퇴직 소식을 듣고는 "돈 많이 받는 새 직장을 얻으려는 거냐?"부터 "빌딩이라도 있나 보군"에 이르기까지, 경제 문제와 결부시켰다. 그들로서는 '내가 아이티 다녀온 이후 꼭 하고 싶었던 활동을 위해서'라는, 다시 말해 비경제적 이유로 퇴직했다는 것을 이해하기 어려워 보인다. 내 입장에서도 굳이 이해시키려 애쓸 필요도 없는 일이다.

그렇다고 꿈을 실현하겠다고 아무 대책 없이 그만둔 것은 아니다. 조기 퇴직을 염두에 두고, 어떤 활동을 할 수 있는지 이것 저것 알아보기 시작했다.

먼저 KOICA는 정부 지원 기관으로, 그렇게 위험해 보이지 않는 점과 보수, 생활 조건 등은 다 좋은데, 기본 기간이 2년이라 너무 길었다. 당시는 연로하신 부모님이 언제 어떻게 되실지 모르는 상황이라서 너무 오래 나가 있는 것은 부담이 컸다. 막내의 대학 진학도 결정이 안 된 상태였고.

그다음으로 누가 소개해 줘서 알아본 곳은 어느 교회에서 운영하는 병원 겸 교육 기관이었다. 이곳은 종교적인 차이도 있지만, 봉사자에 대한 경제적인 지원이 전혀 없다는 점이 마음에 걸렸다. 여섯 식구의 생활을 책임지던 나로서는 모든 것을 내려놓고 떠나는 봉사의 길에, 항공료나 체재비 등 기본 비용마저 자비로 부담하는 일은 현실적으로 너무 어려웠다.

그러던 차에 '국경없는의사회'의 채용 설명회에 가게 되었다. 여러 가지 조건 중에서도 정형외과 의사의 근무 기간이 탄력적인 점(4주부터 가능), 기본 비용을 부담할 필요가 없고, 많지는 않아도 일정한 보수와 보험 가입 등 직장으로서 기본 틀을 갖춘 점(그래서 채용이라는 말을 씀), 그 어떤 압력단체나 정부, 기업의 영향을 받지 않고 독립적·중립적으로 운영되는 점 등이 마음에 들었다.

기본 자격 요건은 현장 근무 경력(내 경우는 정형외과 수술) 3년 이상, 외국인들과 소통이 가능한 언어 구사력(영어, 프랑스어) 및 단체 생활 능력 등이다.

가족과 의논한 뒤 국경없는의사회에 가입하기로 결정, 홈페이지에 들어가 지원서를 제출했다. 이후 이메일, 각종 진술 기록, 면접 등 모든 과정은 오로지 영어로만 진행되었다. 후에 해외 활동 나가서 겪어보니, 출발부터 귀국까지 한국인을 한 명도 만날 일 없이 혼자서 모든 문제를 해결해야 하므로 이런 훈련이 필요해 보였다.

몇 달 뒤 일본에서 신입 활동가 교육을 마치고 나서 정식으로 구호활동가 명단에 오르게 되었다. 도쿄 사무소에 교육을 가보니 일본은 의사, 간호사, 행정, 운송 등 모든 분야에서 14명의 신입 활동가들이 와 있었던 반면, 우리나라는 나와 수술장 간호사뿐이었다. 우리나라 활동가가 처음 등장한 2004년 이후 한국인 활동가 관련 행정 업무는 2017년 서울 사무소로 이관되기까지 일본 사무소에서 담당했다고 한다. 우리나라는 일본보다 뒤늦게 출발했지만, 빠르게 발전하고 있다. 팔레스타인 가자 지구에서 활동한 한국의 구호활동가는 10명으로, 세계 어느 나라보다도 많은 편이었다.

　어렸을 때 '비아프라'라는 단어를 자주 접했던 기억이 난다. 신문지상에 비아프라 내전으로 인해 굶어 죽어가는 어린이들의 참상이 여러 차례 보도된 뒤로, 초등학교 때 비쩍 마른 친구들의 별명이 되기도 했다. 한동안 잊고 지내다가 국경없는의사회에 관여하면서 그 나라 이름을 다시 접하게 되었다.

　비아프라 사태 발생 후 인도적 관심이 높아지면서, 1971년 프랑스의 의사들과 저널리스트들이 힘을 모아 '국경없는의사회(MSF, Médecins Sans Frontières)'라는 이름으로 국제 인도주의 의료 구호 활동을 시작했다. 이 단체명이 미국에서 'Doctors without Borders'로 번역되었고, 일본에서는 이를 그대로 '国境なき医師団'으로 옮겼으며, 한국 또한 '국경없는의사회'로 번역했다.

　그런데 이 이름 때문에 조금 오해가 있는 것 같다. '의사회'라고 하면 우리는 의사들이 모인 이익집단 혹은 특정 목적의 동호회를 떠올리기 쉽다. 의사들 몇 명이 돈 모아서 외국 어디에 나가 진료하고 온다고 여길 수도 있다. 또한 의사회라는 명칭 때문에 간호사, 약사 등 다른 의료인들이나 행정, 운송 등 많은 직능의 사람들이 함께하는 단체임을 알기 어렵다.

그리고 프랑스어의 'Frontière'란 단어는 일반적인 경계선(border)과는 다른 의미를 지닌다. 미국의 '프런티어 정신'에서처럼 개척지와 미개척지 사이의 경계, 즉 황량하고 위험한 미지의 땅을 앞에 둔 경계인 것이다. 이렇듯 국경없는의사회는 단순한 봉사나 동호회의 의미와는 다르게 기본적으로 위험을 내포하고 있는 활동이다. 사람들이 가기를 꺼리는 곳에서 활동하는 단체라는 뜻이다.

간혹 "한국 사람은 몇 명이나 같이 다녀왔느냐"라는 질문을 받곤 하는데, 여럿이 누군가의 인솔 아래 함께 다녀오는 단체 활동이 아니다. 인천공항 출발에서부터 완전 단독으로 현지를 찾아가서, 정해진 기간 동안(수개월에서 1년까지) 활동한 후 돌아오는, 말 그대로 '임무(mission)'이다.

활동 지역은 주로 중동 등 분쟁 지역, 에볼라같이 치명적인 전염병이 창궐한 곳, 또는 말라리아·황열·뇌염 등 온갖 풍토병의 위험 속에 치안까지 열악한 아프리카 지역들이다. 가끔은 지진 등 재난 발생 지역에 긴급 진료를 가기도 한다. 이래저래 안전이나 편의와는 거리가 먼 위험 지역이 주 활동 무대인 것이다.

다섯 개의 활동 본부가 모두 유럽에 위치하다 보니 활동가들은 주로 프랑스·스페인·포르투갈·영국·이탈리아 등 서유럽 출신들이며, 전체 대표가 중국계 캐나다 의사이기 때문인지 캐나다인도 많은 편이다. 아시아에서는 일본이 가장 활발하고, 그 뒤를 우리나라가 따라가고 있으며, 간혹 홍콩이나 필리핀인이 보이는 정도이다. 우리나라는 2018년에 22명의 활동가를 16개국에 30회 파견했는데, 대부분은 아프리카 지역이었다.

국경없는의사회의 활동 원칙은 크게 다섯 가지로 나뉜다.

첫째, 의료 윤리 규범을 준수한다. 환자의 자율성과 권리를 보장하며, 모든 사람의 존엄성과 신념을 존중한다.

둘째, 독립성이다. 정치적·경제적·종교적 이해관계를 떠나 현지에 필요한 구호 활동을 독립적으로 결정한다. 압력을 행사할 수 있는 모든 단체는 배제되며 95퍼센트 이상의 운영자금을 개인 후원자 및 민간 기업 기부로 충당한다. 제약, 무기, 술, 담배 회사로부터는 후원을 받지 않는다.

셋째, 공정성과 중립성이다. 인종, 종교, 성별과 정치적 성향에 관계없이 오직 의료적으로 가장 위험하고 긴급한 상황에 처한 사람을 최우선으로 삼는다.

넷째, 증언 활동이다. 현지 주민들의 고통을 목격할 경우, 개인 및 집단에게 닥친 극단적인 폭력을 목격할 때 이를 공개적으로 대중에게 알린다.

다섯째, 책무성이다. 이는 활동의 효과 공개, 환자와 후원자에 대한 재정적인 투명성을 의미한다. 전체 기금 중 20퍼센트만 운영을 위해 쓰이고, 80퍼센트는 구호 현장에 투입된다. 많은 단체들이 이 부분이 명확치 않아서 후원자들이 기부하기를 주저하는 경우가 있는데, 그런 면에서 국경없는의사회는 활동 원칙으로 투명성을 내세울 만큼 공정한 운영을 중요시하고 있다.

이러한 인본주의적 노력에 힘입어 국경없는의사회는 1999년에 노벨평화상을 수상했다. 그보다 3년 전인 1996년에는 서울평화상을 받은 바 있다.

프랑스에서 시작된 국경없는의사회는 국제적이고 인도적인 의료지원 단체이다.
전세계 각국에서 파견된 의사, 간호사, 행정, 수송 활동가들이 모여서
하나의 목표를 향해 힘을 합친다.

가자로
가즈아!

퇴직을 준비 중이던 2018년 4월에 갑자기 국경없는의사회로부터 연락을 받았다. 혹시 팔레스타인 가자 지구로 가능한 한 빨리 파견(이하 미션)을 나갈 수 있겠냐는 내용이었다. 나는 하느님이 가라고 하시는 곳은 어디든 기꺼이 가겠다고 약속하지 않았는가.

출발 당일. 어느 가족이라고 가장이 위험지역으로 떠난다는데 걱정이 없겠는가. 그러나 나는 앞으로도 계속 떠날 텐데 처음 시작을 잘 해야겠기에 가족들의 문밖 배웅을 거절하고 혼자서 지하철을 이용, 공항으로 향했다.

긴 비행 끝에 마침내 생애 처음으로 이스라엘 땅을 밟았다.

팔레스타인은 이스라엘을 거쳐야 갈 수 있다. 이스라엘 입국 절차도 오래 걸리고 까다로웠지만, 이스라엘에서 가자로 들어 갈 때도 역시 여러 단계의 힘든 과정을 거쳐야 했다.

가자에서의 첫 진료

첫날 맡은 업무는 국경없는의사회 가자 사무소에서 가까운 가자 클리닉에서의 진료 상담이었다. 나에게 온 환자들은 3~6주 전에 국경에서 시위하다가 총에 맞은 젊은 남자들이었다. 총상 환자가 발생하면 응급으로 골절 외고정과 괴사 조직 제거 후 입원하게 된다. 그런데 매주 금요일마다 시위와 총격이 반복됨에 따라 그다음 주말이면 또 새로운 환자가 발생하여 응급수술이 진행되므로, 기존에 입원한 환자는 정처 없이 쫓겨나야 했던 것이다. 일부는 어디선가 치료를 받기도 했지만 대부분은 그냥 집에 방치되어 있었다. 나는 가자 클리닉에서 그런 환자들을 진료하게 되었다.

계속 대기 중인 많은 환자들로 인해 점심도 못 먹고 진료를 이어갔다. 점심을 못 먹는 대신 잠깐 짬을 내서 아랍 커피를 처음 마셨는데, 커피 맛이 너무 이상했다. 한국에서의 커피와 전혀 다르게 텁텁했지만, 시차와 환자들로 피곤한 나머지 커피의 힘이라도 빌리겠다고 들이마셨다. 이건 또 웬일, 잔 바닥에 쌓여 있던 커피 찌꺼기들이 모두 입으로 들어와 버렸다. 다들 재미있다고 웃는 분위기.

알 아크사 병원에서의 주말 근무

이 지역은 금요일과 토요일이 주말이다. 내 임무는 가자 클리닉에서 만나 수술 계획을 세웠던 환자들을 일요일부터 수술하는 것이었으므로 첫 주말에는 그냥 휴식을 취할 수도 있었다. 하지만 나는 알 아크사 병원으로 가는 외과 팀에 자원했다. 이 병원은 시위 현장에서 발생한 환자가 곧바로 수송되어 오는 곳이고, 시위는 금요일 낮 기도 후부터 저녁까지이므로 응급수술에 대비해야 했다.

예상대로 오후부터 총상 환자들이 몰려오기 시작했다. 특히 얼굴에 피를 흘리며 실려 온 젊은이의 경우, 시위대는 물론 군인, 경찰까지 같이 뛰어드는 긴박한 장면에, "정말 총알이 날아다니는 땅"임을 실감했다. 끊임없이 소리치는 사람들에 둘러싸여 앳된 젊은이가 의식을 잃고 침상 위에 쓰러져 있던 모습, 그의 옆얼굴에서 콸콸 쏟아지던 피. 기관 내 삽관한 튜브조차 피로 가득 찬 모습을 보면서 나는 그가 살아나기 힘들 것 같다고 생각했는데, 나중에 들으니 다행히 목숨은 건졌다고 한다.

이어서 대퇴골 총상에 대한 응급수술이 시작되었다. 한국에서 익히 보던 대퇴골 개방성 골절들과는 양상이 전혀 달랐다. 한국에서는 뼈가 부러질 때 뼈끝이 피부를 뚫고 나오면서 골절과 공기가 통하게 되는 경우들이지만, 총상은 외부에서 파고든 총탄에 의해 광범위한 골 및 연부 조직 손상을 일으키는 것이다. 나는 가장 나이 많은 의사였지만, 충실한 조수로서 대퇴골 골절이 조금이라도 더 잘 맞도록 열심히 견인을 했다. 나중에는 팔의 힘이 빠질 정도로. 수술이 끝난 후 두 젊은 의사들이 뼈가 거의 완벽하게 잘 맞았다고 말하는 것을 들으며 늙은 조수로서 보람을 느꼈다.

새로운 수술장에 적응

한국 출발 전부터 정형외과 의사를 급히 구하는 이유는 수술 팀을 하나 더 만들기 위함이라는 얘기를 들었다. 환자 수가 급증하다 보니, 여러 병원에서 일할 수 있도록 수술 팀을 구성할 필요성이 생겼던 것이다. 특히 연부 조직 결손에 대한 수술, 예를 들면 피부이식을 해야 할 환자가 많았다.

20여 년을 척추외과 의사로 살아온 나지만 전에는 피부이식

수술을 해봤다고 말하자 모두 반가워했다. 20여 년 전 마지막으로 했던 수술을 이제 와서 다시 잘해낼 수 있을지 속으로는 걱정되었지만. 알 아크사 병원에서는 젊은 의사들의 수술을 보조하는 늙은 조수였는데, 팔레스타인 친선자선병원에서는 내가 수술 팀의 리더가 된 것이다.

분쟁의 중심에서

5월 14일은 미국 대사관이 예루살렘으로 옮기던 날. 가장 격렬한 시위가 예상되었다. 아침에는 평소처럼 친선자선병원으로 출근하여 원래 예정되었던 수술을 마쳤다. 일정이 끝나갈 때쯤 현지인 통역 겸 마취과 간호사가 나에게 가능한 한 빨리 출발해야 한다고 이야기했다. 숙소에 와서 간단한 준비를 마치고 알 아크사 병원으로 출발했다. 지중해변 도로를 따라 남쪽으로 내려가며 창밖을 바라보니 유난히 푸른 지중해의 수면 위로 부서지는 햇살이 아름답게 느껴졌다. 그렇지만 얼마 뒤 알 아크사 병원에 다가가자 동쪽으로 검은 연기가 치솟고 있었다.

   알 아크사 병원은 며칠 전 주말의 평화로운 분위기와는 완전 딴판이었다. 땀과 먼지에 뒤덮인 채 살기 어린 눈동자를 번득이는 남자들로 가득했다. 일단 수술장으로 올라갔다. 그래도 지난 주말에 자원하여 한 번 미리 와본 것이 큰 도움이 되었다.

이날은 그전에 다리만 총을 맞고 오던 것과 달리 상당수의 젊은 시위대가 몸통에 총을 맞고 응급 개복수술을 받는 등, 목숨이 위험한 환자들도 다수 있었다. 상황이 워낙 다급하다 보니 현지 의사들까지 대거 수술장에 와서 일을 하고 있어서 말 그대로 아수라장이었다. 온갖 리넨이나 쓰레기가 치워지지 않은 채, 피가 흥건한 바닥도 그대로 방치된 채 오로지 모든 인력이 수술에만 매달렸다.

정형외과 골절 외고정은 아예 수술실도 얻지 못하여 회복실에서 간단한 마취하에 이루어지고 있었다. 골절의 해부학적 고정이나, 완벽한 소독 상태 같은 것은 꿈도 꿀 수 없었다.

가자를 떠나며

내가 머물렀던 시간은 단지 10박 11일에 불과했다. 나는 조용히 떠나왔다. 너무 짧은 기간 일하다가 떠나는 것도 그렇고 평소 나로 인해 주위 사람에게 민폐를 끼치지 않아야겠다는 습관 때문에.

모든 출국 수속을 마치고 이스라엘로 가기 위해 약 1킬로미터의 긴 통로를 혼자 걷는 내내 착잡했다. 양쪽으로 철망이 쳐져 있고 그 바깥으로는 황량한 광야가 펼쳐져 있었다. 높은 담과 철망으로 봉쇄되어 있어서 밖으로는 결코 나갈 수 없는 가자 사람들의 운명과 함께 걷는 기나긴 길. 그러나 그 통로는 잠시 후 끝이 나고 나는 그들의 운명을 뒤로한 채 혼자서 자유세계로 빠져나갈 것이다. 오늘은 나만 나가지만 그들의 오랜 간힘도 언젠가는 끝날 것이라고 희망해 보면서.

긴 과정을 거쳐 마침내 이스라엘 땅으로 내려서자 택시 한 대가 나를 기다리고 있다가 손을 흔들며 반겨주었다. 그 택시는 나를 예루살렘으로, 자유세계로, 다음날 공항으로, 그리고 마침내 집으로 데려다주었다.

내가 참가한 국경없는의사회의 활동이 그들에게 '평화'를 가져다주지는 못한다. 그렇지만 고통 받는 인간을 위해, 다른 인간이 고난과 희생을 무릅쓰고 벗이 되어 준다는 것은 분명 큰 의미를 지닌다. 착한 사마리아인이 강도당한 사람에게 유일한 벗이 되었던 것처럼.

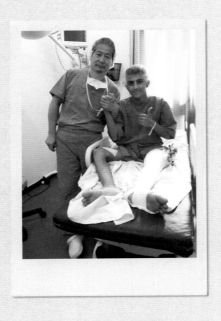

●

환자는 여섯 개의 벌어진 상처를 봉합하기 위해 수술장에 들어왔다가
나갈 때마다 고통에 울부짖었다. 그 고통을 뿌리 뽑아줄 수는 없지만,
손을 맞잡고 격려의 응원을 보내줄 수는 있었다.

없으면
없는 대로

2018년 여름, 퇴직 후 국경없는의사회 2차 미션을 기다리고 있는데 에티오피아 감벨라에 3개월간 다녀오겠냐는 연락이 왔다. 기간이 너무 길긴 했지만, 아프리카는 아직 가본 적이 없었을 뿐더러 늘 꿈꿔오던 활동 무대였기에 설레는 마음으로 받아들였다. 그렇지만 국경없는의사회가 어떤 이유로 그곳에 가 있는지, 내가 가면 어떤 일을 하게 될지에 대해서는 아무 말도 해주지 않았다.

'어차피 국경없는의사회 활동을 떠나는 건데, 어디면 어떻고 어떤 일이면 어떠냐'라는 마음으로 출발, 3일간의 여정 끝에 에티오피아 서남부 오지 감벨라에 도착했다. 에티오피아의 수도

인 아디스아바바와는 날씨, 인종, 자연 등 모든 면에서 다른 진짜 적도, 검은 아프리카였다.

감벨라의 여건은 내가 어린 시절에 살았던 시골을 떠올릴 만큼 모든 면에서 열악했다. 진료 여건 역시 정형외과 수술장이라면 기본적으로 갖춰야 할 금속 고정 장비(핀과 나사, 그리고 이를 고정할 수 있는 드릴 등)는 물론, 수술 전후 상태를 실시간으로 알 수 있는 영상 검사 장비 등의 기초 설비가 없었다. 현대 장비라고는 오더 후 하루 이틀 뒤에야 받아볼 수 있는, 뼈 상태도 제대로 알아보기 어려운 단순 엑스레이 하나뿐.

누군가가 나에게 "거기에 설마 이것은 있겠지요?"라고 묻는다면 아마 나의 답은 95퍼센트 "없다"일 것이다. 있는 것이라고는 끊임없이 실려오는 환자뿐이었다. 게다가 진료 보조 인력, 영어 소통 문제, 현지 외과 의사들과의 협진 등 어려움이 한두 가지가 아니어서, 처음 2주간 생활하고 나서 내린 결론은 '여긴 정형외과 전문의가 올 곳이 아니다'였다.

어느 날은 너무 지쳐서 '아, 이젠 정말 집에 돌아가야겠다'고 마음먹고 병원 밖으로 향했는데, 엑스레이 한 장 달랑 든 채 다친 팔을 부여잡고 망연자실해 있는 여성 환자가 눈에 띄었다.

아무리 둘러보아도 그 시간에 이 환자를 돌봐줄 사람은 없었다. 나마저 떠나버린다면?

잠시 후 그녀를 데리고 입원 병동까지 한참 걸어가서 부목을 대주며, 이들을 두고 떠나서는 안 된다고 깨달았다. '나를 위해 (폼 나게 일하라고) 미션이 존재하는 것이 아니라, (아무것도 없는) 이곳 사람들을 위해 내가 온 것'이기 때문이다.

이후 서서히 그곳에서 내가 쓸 수 있는 해법들을 하나둘 찾아냈다. 골절된 뼈를 맞춘 후 한국이라면 금속 내고정을 하겠지만, 그곳에서는 석고 붕대를 이용한 외고정만 가능했다. 그동안 석고 작업은 말단 간호사에게 떠넘기는 분위기였던 것을 내가 직접 제작, 제거하기 시작했다. 석고 제거 시 필요한 캐스트 커터도 모두 고장 나고 딱 한 개 남아 있었는데, 처음에는 누군가가 찾아서 가져다주겠지 하고 기다렸다가, 얼마 뒤부터는 내가 직접 병동과 외래를 오가며 찾아다녔다.

유일한 골절 고정용 금속 기기였던 '외고정장치(Ex-Fix)'의 경우 뼈에 구멍을 뚫는 드릴이 없어서, 오로지 팔의 힘으로 핀을 돌려 뼈에 박아 넣어야 했다. 처음에는 잘 못하다가, 나중에는 거의 달인 수준이 되어 현지의 젊은 의사들에게 요령을 가르쳐

주기도 했다.

3개월의 파견 기간 중 후반기에는 수술, 석고 등의 진료와 교육(강의)을 통해서 활동적이고 보람찬 시간을 보냈다. 만약 2주 만에 포기하고 돌아왔거나, 파견 기간 자체가 1~2개월이었으면 얻지 못할 경험이었으리라. 출발 전에는 3개월이 너무 길다고 여겼지만 다 이유가 있었던 것이다.

나에게 없다고 해서 비관하거나 원망하지 않고, 없으면 없는 대로 그 상황에 맞게 돌파구를 찾아 살아남기. 그 시작은 초등학교 시절로 거슬러 올라간다.

원주에서 형, 누나들과 자취 생활을 하던 초등학교 6학년 때였다. 원주 시내 모든 초등학교가 경합하는 종합예능대회에 나는 학교 대표로 참가했다. 종목은 산문이었다. 교실에는 낯선 얼굴들이 가득했다. 모두 자기 학교에서는 글깨나 쓴다는 아이들이었으리라. 원고지를 나누어주고 나서 감독 선생님이 마치 과거 치를 때 시제(試題))처럼 글 제목을 외치셨다.

"외할머니!"

잠시 뒤 옆의 아이들은 뭔가 쓰기 시작했다. 하지만 나는 한동안 글을 시작할 수가 없었다. 하필 제목이 외할머니라니! 나는 외할머니라는 존재를 본 적도 없었다. 어머니의 어린 시절에 외할머니가 돌림병으로 돌아가셨다는 이야기만 얼핏 들었을 뿐. 일반적으로 외할머니라는 제목으로 어린이들이 쓸 수 있는 글은 아마도 외할머니를 방문했을 때의 기쁨, 외할머니가 손주에게 주시는 따스한 사랑 같은 이야기들일 텐데, 나에게는 그런 기억과 소재가 없었다.

'상상력을 동원하여 외할머니 얘기를 지어내야 하나?'

이렇게 얼마간 고민하다가 나 자신의 이야기를 그대로 써야겠다고 결심했다. 정확한 표현은 기억나지 않지만, 내용을 대충 요약하면 아래와 같다.

단짝 친구 콩나물(친구 S의 별명)네 집에 놀러 갔더니 "오늘은 너와 못 놀아, 우리 외할머니가 오셨거든. 선물 구경해야 돼" 라고 했다. 이 말을 듣고 화도 나고 서운했다. 겉으로는 "나쁜 놈" 하고 욕했지만 속으로는 그 친구가 부러웠다. 쓸쓸히 집으로 돌아오며 '왜 나는 외할머니가 없지?' 하는 의문이 들었다. 엄마로 인해 내가 태어났듯이 엄마는 외할머니를 통해 태어났을 것이고, 그러므로 엄마의 어머니인 외할머니는 이 세상에 존재했음에 틀림없다. 나에게 외할머니는 '원래 없는' 것이 아니라. 다른 아이들의 외할머니보다 일찍 돌아가셨기에 '만나지 못한' 것이다. 그렇게 생각하자 마음속에서 화나던 것도 부러운 것도 사라졌다. 그리고 하늘을 보니 하얀 뭉게구름이 가득했다. 하늘 어딘가에서 외할머니가 나를 따스한 미소로 바라보시는 것 같았다.

그다음 주 월요일 조회 시간에 종합예능대회 수상자들을 시상하는 순서가 있었다. 나는 '산문부의 간판스타 P가 또 시상대에 올라가겠지'라고 생각하고 있었는데, 스피커에서 산문 부문 수상자로 내 이름이 흘러나왔다. 나중에 산문 선생님에게 들으니 내 글이 장원이었다고 한다.

이번 국경없는의사회 에티오피아 활동에서 정형외과 진료 장비라고는 갖추지 못한 곳에서 3개월간 많은 환자를 돌보며, 중도에 포기하지 않을 수 있었던 이유는 이처럼 '없는 가운데에서 해법을 찾아야 했던' 어린 시절의 경험과 훈련 덕분일지 모른다.

•

대퇴골 골절 입원 꼬마 환자를 치료해야 하는데 맡길 사람이 없었다.
외래에서 석고 부목을 대준 뒤, 어린 동생을 돌보는 엄마 대신 직접
환자를 안고 2백 미터 거리 병실로 데려다주었다.

유명인사가 된
사연

2018년 11월 에티오피아에서 열심히 일하고 있는 중에, 나를 인터넷에서 봤다며 갑자기 많은 사람들로부터 연락이 왔다. 그 중에는 중학교 졸업 후 40년 넘게 한 번도 연락이 안 되던 친구도 있었고, 평소 내가 연락할 때는 대꾸조차 안 하던 지인도 있었다. 내가 회원으로 가입되어 있는 SNS 단체방마다 회원 중 누군가가 대단한 발견이라도 한 것처럼 내가 나온 유튜브 영상을 올렸다. 그러면 또 많은 댓글이 붙으면서 '대단하다', '존경스럽다' 등 부담스러운 표현들이 잇따랐다.

'국경없는의사회 한국(MSF Korea)' 담당자로부터 후원 광고 모델 섭외를 받았을 때 처음에는 사양했다.

"홍보 효과 면에서는 저보다 젊고 매력 있는 다른 분을 구하는 게 낫지 않을까요?"

그러나 홍보 담당자가 "선생님이 해주시면 좋을 것 같아요"라고 하기에 이렇게 답했다.

"제가 조금이나마 도움이 된다면 할게요."

어찌 보면 이 말은 전반적인 내 삶의 철학이라고 할 수 있다.

그렇게 해서 국경없는의사회 한국의 연말 홍보 모델이 되었고, 아프리카 출국 전에 촬영한 홍보물이 11월부터 연말 내내 온라인에 올라와서 본의 아니게 유명 인사가 되었다.

이전부터 강의나 회의 참석 등, 누군가 무엇을 부탁해 오면 나는 "저라도 조금이나마 도움이 된다면 그렇게 할게요"라고 답하는 편이다.

대학병원에 몸담고 있던 시절 지역 방송 건강 프로가 매주 방영되었는데, 의대 교수 중에는 처음에는 출연하겠다고 했다가 정작 촬영이 다가오면 여러 이유로 사퇴하는 경우가 있었다. 나는 10년 전 병원 홍보팀장을 하면서 이런 경우를 이미 경험했기 때문에 "혹시 출연 예정자가 갑자기 펑크 내면 내가 메꿔주겠다"라고 말했고, 그 결과 여러 차례 대타로 출연했다. 이는 곤경에 처한 홍보 담당자에게 도움을 주었을 뿐 아니라, 그 덕에 나는 방송 카메라 앞에서도 평정을 잃지 않고 NG 한 번 내지 않는 베테랑 출연자가 되었다.

이후로도 '나 개인을 드러내기 위해서가 아니라, 누군가 혹은 내가 속한 단체에 도움이 되는 일이라면 기꺼이 나서겠다'라는 원칙을 나름 유지해 왔고, 이번 홍보 모델 건도 마찬가지였다.

국경없는의사회 한국 홈페이지의 홍보 모델이 된 것은 그만큼
의사 활동가가 부족하기 때문일 터. 나라도 알릴 수 있다면 감사할 뿐이다.
앞의 두 분은 간호사, 행정 활동가들이다.

하지 않을 이유는
많지만

내가 조기 퇴직하고 국경없는의사회 활동가로 변신한 것에 대해 주위 사람들의 반응은 처음에는 "왜 그랬어? 어떻게 하려고 그래?"로 시작해서, 얼마 지나면 "나도 언젠가는 그런 일을 할 생각이었어"로 끝나는 경우가 많다. 그러고는 누가 뭐라 하지도 않는데 "난 영어를 못해서 안 돼"라거나, "애들 때문에 더 벌어야 해" 등, '할 수 없는 이유'를 말하기 시작한다.

나 역시 그런 경우가 없지 않다. 고교 친구들의 월례 등산 모임에 '이번 달에는 꼭 가야지'라고 생각하고 있다가도 그날이 다가오면 가지 않을 이유가 수십 개 나타난다.

우리는 인생에서 어떤 도전을 앞두었을 때, 가진 것을 잃을까

봐 선뜻 뛰어들지 못하거나, 굳이 귀찮은 수고를 하지 않을 이유를 찾느라 급급하다. 그래서 《이솝우화》에 나오는 '여우와 신 포도'를 언급하기도 한다. 그 이야기는 도전은 했으되 성공하지 못한 경우 '의미 없는 도전'이라며 자위를 얻기 위한 방편이다. 그나마 여우는 최선을 다해 도전이라도 했건만 우리는 아예 도전조차 하지 않을 이유를 찾아다니는지도 모른다.

에티오피아의 감벨라 도심 부근에 떡시루를 엎어놓은 것같이 생긴 동산이 솟아 있고, 그 정상에는 동방정교회의 교회가 있다. 휴일이면 운동이나 소풍 삼아 올라가곤 했는데, 산은 높지 않지만 적도 지방이다 보니 뜨거운 햇살 아래 울퉁불퉁 돌바닥으로 된 가파른 산길을 오르는 게 쉽지 않았다. 그래서인지 이곳을 오르는 현지인도 드물어서, 어느 일요일에 홀로 올라와 무릎 꿇고 기도하던 젊은 남자 외에는 본 적이 없다.

동방정교회 신자들 입장에서는 '마을마다 교회가 다 있는데 뭐하러 땀 흘리며 산꼭대기까지 올라가느냐'라고 생각할 수도 있다. 누가 같이 가자고 하면 굳이 가지 않을 이유를 수십 개 댈 수 있다는 말이다. 배가 고파서, 할 일이 있어서, 신발이 안 좋아서, 누가 찾아올지 몰라서 등등. 나 같으면 응급수술이 생길지 모른다는 핑계를 댈 수도 있다. 사실 무릎도 조금 불편했고, 활동가들 중 나이도 제일 많았다.

에티오피아에 온 활동가들 중 일본 국적의 S는 어떤 종교의 신자도 아니다. 그런데 어느 일요일에 가톨릭 미사를 한번 구경하고 싶다며, 활동가 몇 명과 함께 나를 따라온 적이 있다. 그곳의 주일미사는 두 개 언어로 순차 통역을 해야 돼서 2시간 가까이 걸린다. 기본 언어조차 에티오피아 표준어라서 어차피 한마디도 알아듣지 못한다.

나야 가톨릭 신자니까 말을 못 알아들어도 예식의 순서와 내용은 알지만, 이를 전혀 모르면서 2시간씩 지키고 앉아 있는 일은 여간 힘들지 않을 것이다. 처음 한 번은 몰랐으니까 그랬다 쳐도, 한 번 가본 사람이라면 다신 안 가려고 할 법하다. 실제로 함께 왔던 다른 이는 그다음 주에는 전혀 갈 생각이 없었다. 그런데 S는 그다음 주에도 나와 함께 주일미사에 참석했다.

그리고 돌아오는 길에는 산꼭대기 교회까지 함께 올라갔다. 오르는 길은 땀이 비 오듯 흐르고 괴로웠지만, 산꼭대기에서는 너무나 시원한 강바람과 강 주변의 아름다운 산과 들 풍경이 우리를 맞이해 주었다. 나는 그가 동행해 준 것이 매우 고마워서 이렇게 말했다.

"우리에게는 어떤 일을 굳이 하지 않을 이유가 수십 개 있다. 그 이유와 핑계에도 불구하고 적극적으로 도전하는 것이야말로 우리 인생을 아름답고 의미 있게 만든다. 당신은 이미 지난주에 지루한 주일미사를 경험했으므로, 오늘 나와 함께 성당에 가지 않을 이유가 수십 가지였을 것이다. 그리고 이 더운 날씨에 땀 흘리며 산정 교회까지 올라오지 않아도 되었을 테고. 그렇지만 '굳이 하지 않아도 되는' 일에 '기꺼이 나서서 도전'하고 함께해 주었기 때문에 이렇듯 아름다운 경치와 시원한 강바람을 맛볼 수 있지 않은가."

나중에 그의 SNS를 보니 그날 산꼭대기 교회에서 찍은 모습(광활한 아프리카 초원을 배경으로 강바람에 머리가 날리는)이 프로필 사진으로 바뀌어 있었다.

●

에티오피아 미사는 여러 부족 언어로 통역하느라 오래 걸린다.
그사이 꼬마와 눈빛으로 이야기를 나눈다. 아저씨는 왜 여기 있어요?
뭐하는 사람이에요? 나는 왜 굳이 그곳에 갔고, 그들에게 어떤 존재였을까?

에필로그

'하늘 성' 쌓기

지난 60년의 삶은 하늘에서 마련해 준 것들로 이어져왔다. 초반에는 가진 것이라고는 없는, 나 자신이 무엇을 스스로 선택할 수도 만들어나갈 수도 없는 상황이라고 여겼다. 하지만 그것은 하늘이 내게 마련해 준 양성소였다.

풍요롭게 자라지 못했던 덕택으로 물질에 얽매이지 않고 자유롭게 선택할 수 있었고, 나 스스로 살아남지 않으면 안 된다는 자각 덕에 의대에 입학하고 정형외과를 전공할 수 있었다. 종교와 철학, 문학과 음악의 향기가 진한 집안에서 자란 덕에, 물질보다는 인간에 더 관심을 둘 수 있었다.

그리고 느닷없이 새로운 환경에 던져져야 했던 어린 시절의 경험들 덕에 낯선 이국땅에 가서도 잘 적응하고 있다. 생소한 음식이든, 불편한 잠자리든, 이해할 수 없는 인간이든, 어떤 현실이 닥쳐오더라도 잘 받아들이며 지낼 수 있는 것도 어린 시절의 훈련 덕이다.

결국 어린 시절에는 고난으로 여겨지던 것들이 현재 내가 정형외과 의사이자 국경없는의사회의 일원으로 활동하는 밑거름이 되었음을 깨닫게 되었다. 즉, 하늘은 이미 나를 이렇게 만들어 쓰려는 계획을 갖고 있었고, 나는 그 덕에 60년 세월 뒤에 여기까지 오게 된 것이다.

60세 이후의 인생은 가족과 직장, 사회에 대한 책임으로부터 자유로워질 수 있는 시기이다. 이제는 땅 위가 아니라 '하늘'에 성을 쌓아야 한다. 하늘이 내게 준 것들을 토대로 하나하나 성을 쌓아나가는 과정이 지금부터 나에게 허락된 시간 동안의 숙제라고 생각한다. 이 성은 물질적 재료들로는 결코 쌓을 수가 없다. 그렇다면 무엇으로?

에티오피아에서 돌아오니 우리나라는 드라마 〈스카이 캐슬〉 열풍에 휩싸여 있었다. 명문대 세 곳을 빗대어 부르는 이름에서 따왔겠지만, 번역하자면 하필 '하늘 성'인 것이다. 그 드라마에는 마치 '서울대 의대'와 '정형외과'가 성공의 상징인 것처럼 나온다. 나는 아이러니하게도 두 조건을 충족시키지만 물질 만능 세계에서 말하는 성공과는 거리가 아주 멀다.

내가 생각하는 하늘 성 쌓기에 필요한 재료는 '이웃에 대한 사랑'이다. 이웃을 위해 자신을 낮추고 희생하며 봉사하는 것을 의미한다. 자신보다는 남을 더 위하는 것이니 물질 만능 세계에 속한 이들에게는 쉽지 않은 이야기로 들릴지 모른다. 그러나 이미 하늘 성을 쌓은, 또 쌓고 있는 사람들이 많다. 벽돌의 재료나 쌓는 방식은 조금씩 달라도 공통적으로 이웃 사랑을 실천한 이들, 주위 사람들에게 따스한 불빛으로 남아 있는 존재들이다.

내가 사용할 수 있는 벽돌 재료는 '땜장이 화타' 역할이다. 그래서 이제부터 하늘이 나에게 준 시간 동안 땜장이 화타로서 이때까지와는 또 다른 이웃을 위해 살아가고자 한다. 그것이야말로 단 한 번뿐인 나의 삶에서, 하늘이 내게 준 기회를 거머잡는 어드벤더링이자 하늘 성을 쌓는 길이라고 믿으며….

땜장이의 강의 노트

나는 강의 시간에 '원더링의 의미(Wandering Means)'라는 슬라이드를 통해 우리가 삶에서 겪는 좌절과 극복의 과정을 설명하고자 했다. 이때의 원더링은 어드벤더링이 아니라, 실제로 방향을 잃고 헤매는 방황이다.

슬라이드 왼쪽의 지도는 리아스식 해안을 그려본 것이다. 변산반도의 격포에서 곰소 방면으로 해안도로를 가다 보면 오른쪽에 작은 바위섬(빨간 세모)이 보인다. 한참을 더 달렸는데도 어느 순간 그 섬이 또 같은 방향에 나타난다. 그래서 '아까 지난 데를 다시 왔나?'라는 착시 현상을 일으킨다.

자신은 부지런히 길을 간다고 했는데, 오래전 자신이 지났던 지점에 머물거나 옛 목표를 여전히 바라보는 것 같을 때가 있다. 그간의 노력이 수포로 돌아갔다는 생각에 좌절하거나, 미래가 없다며 자포자기하기 쉽다. 그런데 나중에 목표 지점에 도착해서 되돌아보면, 이 곡선 주행로 중 어느 한 곳도 빠지지 않고 지나왔어야 함을 알 수 있다. 목표에 도착하기 위해서는 꼭 통과해야 했던, 의미 있는 지점들이었던 것이다.

좌절의 순간은 늘 우리 곁에 있다. 실제로 적지 않은 젊은이들이 이 좌절을

내가 가장 아끼는 슬라이드 중 하나.

이겨내지 못하고 주저앉거나 심지어 극단적인 선택까지 한다. 아이를 한둘만 낳아 키우는 세상에서 자란 젊은이들은 관심과 인정을 받는 데에 익숙하다. 특히 의대로 모인 성적 우수자들은 20세가 될 때까지 늘 자부심과 칭찬속에 살아왔다고 해도 과언이 아니다. 그래서 그들에게는 '낯선', 좌절을 이겨내는 교육과 훈련이 반드시 필요하다.

좌절은 양 극단의 결말을 갖고 있다. 한쪽 끝은 절망과 포기, 반대쪽은 인내를 통한 극복이다. 애니메이션 〈센과 치히로의 행방불명〉과 〈쿵푸팬더〉는 각각 후자의 바람직한 결말을 보여준다. 낯선 곳에서 갑자기 부모가 돼지로 변해버리지만 그 시련을 극복해 가는 치히로, 숱한 좌절과 실패 끝에 쿵푸고수가 되는 주인공 포 등. 이처럼 절망과 극복 중 어떤 결말로 나아갈 것인지는 각자의 몫이다.